참 좋은 날

참 좋은 날

박상분 수필집

지은이 | 박상분
펴낸이 | 김명수
펴낸곳 | 도서출판 시아북(詩芽Book)
발행일 | 2021년 12월 02일

출판등록 | 2018년 3월 30일
주소 | 대전광역시 동구 선화로214번길 21(3F)
전화 | (042) 254-9966, 226-9966
팩스 | (042) 221-3545
E-mail | daegyo9966@hanmail.net

값 12,000원

ISBN 979-11-91108-30-9(03810)

자연이 시시각각 달라지는
자연스러움이 최고의 아름다움입니다.

참 좋은 날

박상분 수필집

시아북
詩芽BOOK

책머리에

산에 오르며

짬을 내어 걷는 운동에 힘씁니다.
보약이기도 하지만 기도하기, 글감을 찾아 정리하기는 덤입니다.
천안삼거리공원은 좀 멉니다.
방아다리공원 메타세콰이어 길을 걷습니다.
많은 이들이 시계의 시침이거나 분침이 된 것처럼 일정한 속도로 걷고 있습니다.
초침이라도 된 것처럼 가쁘게 뛰는 이도 있습니다.
월봉산에 오릅니다.
봄 여름 가을 겨울 사계절이 다 아름답습니다.
산길을 걸으며 나의 연둣빛 봄날을, 푸른 여름을 만납니다.
형형색색 찬란한 가을도 황홀합니다.
겨울이라고 을씨년스럽지 않습니다.

흰 눈이 오면 다시 하얀 꽃이 피어나고 늘씬한 나무들의 알몸도 사랑스럽습니다.
단거리로 비행하는 새들의 날개가 훤히 다 보여서 반가운 동무입니다.
비라도 촉촉이 내리는 날엔 산이 더욱 묵직한 빛깔로 맞이합니다.
우린 산의, 자연의 일부입니다.
자연이 시시각각 달라지는 자연스러움이 최고의 아름다움입니다.
월봉산 솔숲 오솔길을 걸으며 가만가만 글을 씁니다.
하늘이 준 인연과
선택한 필연과 만들어 낸 사랑에 참 감사합니다.

2021년 초가을

박 상 분

차례

책머리에_ 004

제1부 껍데기에 반하다

1 깊은 산속 옹달샘_ 012
2 껍데기에 반하다_ 017
3 하늘 가는 길_ 022
4 베르나르도 신부님의 영원한 안식을 기도합니다_ 026
5 눈에 보이는 것, 그 너머_ 029
6 어지간히 바쁘겠다_ 034
7 마리아와 마르타_ 037
8 꿈 이야기_ 041
9 부뚜막의 소금도_ 046
10 일기예보_ 050
11 소나기 풍경_ 054
12 고향 본당에서_ 059

제2부 참 좋은 날

1 우중산행_ 064

2 직박구리의 노래_ 068

3 그리움 달래기_ 073

4 빈 병_ 078

5 매실나무 그늘에서_ 083

6 콩밭 열무_ 087

7 코로나 19를 겪으며_ 092

8 3층집_ 096

9 저녁밥 안칠 무렵_ 101

10 사과 시집보내기_ 106

11 참 좋은 날_ 110

12 네 바퀴도 돌고_ 114

제3부 작은 나사못이 되어

1 작은 나사못이 되어_ 120

2 회초리 뽀뽀_ 124

3 정_ 128

4 대추나무의 봄 그리고 가을_ 134

5 숨바꼭질_ 139

6 열두 살 꿈_ 143

7 가족사진 속 이야기_ 147

8 가르치며 배우며_ 152

9 어제는 바람이 불었다_ 155

10 세 잎 클로버 행복_ 160

11 바이올렛 엄마_ 165

12 예방주사_ 169

제4부 그녀가 씨익 웃었다

1 여기가 거긴가_ 174
2 유관순, 그의 오솔길에서_ 179
3 그녀가 씨익 웃었다_ 184
4 천안역 앞 그 집_ 190
5 미천골의 여름_ 194
6 소리, 소리들_ 200
7 주황 주황 주황_ 205
8 구경꾼들_ 210
9 우리를 춤추게 하였다_ 214
10 가락 바위 저수지_ 220
11 우리_ 224
12 오솔길을 걸으며_ 228

아주 딱딱한 껍데기를 깨야 한다. 한 알 한 알 껍데기를 깨야하는 일은 적당한 힘을 줘야하는 섬세한 기술이 필요하다. 너무 약하면 껍데기가 깨지지 않고 너무 세면 알맹이를 손상시켜서, 알맹이를 얻기 위한 본래의 의미를 상실하게 된다. 견과류 중에서도 호두를 먹기가 제일 어려운 줄 알았다.

제1부

껍데기에 반하다

1

깊은 산속 옹달샘

여기 봉서산 아래 산 지 15 년째이다. 전에 살던 집보다 좀 넓기도 하고 새 집이기도 해서 대궐로 이사 오는 기분이었던 때가 생생한데 어느새 그렇게 세월이 흘렀다. 여기서 시부모님 두 분을 하늘로 보내 드렸으니 식구가 줄어서 더 넓게 느껴야할 것 같은데 갈수록 비좁게만 느껴진다. 세 아이가 다 성인이 되어 살림살이가 늘어나 그럴 수도 있겠고, 넓게 사는 다른 이들과 저울질하는 탓도 있겠고, 어쩌면 마음이 넓지 않아 그렇게 느끼는지도 모르겠다. 그런 얄팍한 마음은 잠시 뿐이고 난 이 집이 참 좋다. 이 집이 좋은 이유를 아파트 분양광고라도 하는 것처럼 죽 열거하지는 않더라도 꼭 한 가지, 봉서산 아래에 있다는 것, 그

걸 드러내고 싶다. 아파트 뒷문으로 나가면 바로 서부대로와 맞닥뜨린다. 곧바로 초록불이 켜지는 행운과 만나는 날은 한결 발걸음이 가볍다. 그렇다고 빨간 불에 심사가 사나워지는 것도 아니다. 잠시 발목 돌리기나 옆구리 운동으로 몸을 풀고 나면 금세 초록불이 들어오게 마련이기 때문이다. 그렇게 건널목 하나를 건너 우체국 앞을 지나 주공 7단지 담장을 타고 오르막을 올라가면 곧 솔숲 우거진 봉서산이다. 봉서산의 그윽한 솔향기가 우릴 맞는다.

鳳棲山, 봉황봉, 깃들서字를 쓰니 봉황이 깃들인다는 산이다. 그러고 보니 사람이 봉황이다. 봉서산을 중심으로 헤아릴 수도 없이 많은 아파트들이 빼곡히 들어서서 많은 사람들이 거기 살고 있으니 말이다. 또한 건강을 챙기느라 운동하는 이들이 날마다 이 산에 오르니 그들이 봉황이다. 시시때때로 변하는 산의 모습은 도시인들에게 자연을 느끼게 하고, 자연 속에서 살게 한다. 제각각의 모습을 한, 이름을 다 알 수 없는 초목이 봉서산의 식구다. 또한 참새, 뻐꾸기. 비둘기, 꿩, 까치처럼 우리 가까이 있는 새 외에 천연기념물 딱따구리의 모습을 더러 볼 수도 있고, 그가 나무 찍는 소리도 들을 수 있어서, 그런 날은 깊은 산중에 든 것처럼 더 공기가 맑게 느껴진다. 그 외에 이름 모를 많은 새들의 둥지다. 그 중에서 오월이 되면 날아오는, 현란한 음색의 철새도 있는데 난 그의 이름을 모르기에 내 맘대로 오월새라고 부르기로 했다.

그 새는 아니다. 며칠 전부터 우리 집에 날마다 몇 차례 씩 찾아오는 새는 목소리가 그와는 다르다. 작년에 확이 좀 깊은 항아리 뚜껑에 부레옥잠을 띄워 꽃이 핀 걸 보고, 신기해서 사진을 찍어 카페에 올리고, 호들갑을 떤 적이 있었다. 그 항아리 뚜껑의 부레옥잠, 얼지 않게 신경을 써서 겨울을 보내고 이젠 봄이다 싶어 바깥 화분대에 내놓고 물을 채웠다. 며칠 전부터 새 한 마리가 날아와 그 물을 먹는다. 물 한 모금 마시고 하늘을 보고, 또 한 모금 마시고 또 하늘을 보고, 병아리의 대여섯 배는 되는 덩치로 병아리를 흉내 내며, 사뭇 나를 경계하느라 눈빛이 분주했다. 나는 반가워서 창가로 조심조심 다가갔더니, 이 녀석은 겁이 났던지 포로롱 날아가 버렸다. 몇 시간씩 밖에서 뛰어놀다 들어와 물을 찾던 내 아이들의 어렸을 때처럼 간간이 그 새는 날아와 그 물을 먹었다. 물만 먹는 것이 아니라, 아예 이젠 목욕을 한다. 온 몸을 그 물에 담그고 물속에서 트위스트를 추고, 물 밖으로 나와 물기를 털어내느라 오도방정을 떨고 부리로 털을 고른다. 그 모습이 어찌나 앙증맞은지 휴대전화 카메라를 들이댈라치면 어느새 알아채고 다시 쏜살같이 날아가 버렸다. 좋은 곳이 있으면 우리도 친구를 불러 동행을 권하듯이 새들도 저들끼리의 언어로 소통을 하는 게 분명하다. 이제는 그의 친구인지 한 마리를 더 데리고 날아왔다. 친구가 물을 마시는 사이에, 망을 보는 건지, 한 발짝쯤 떨어진 곳에 있다가는 번갈아 물을 마시곤 했다. 빼어난 독창이 멋지지만 이중창의 화음에 비길 수 없듯, 독무가 짜릿하지만 두 무용수의 조화가 근사하듯, 새 한 마리가 찾아왔을 때와 다르게 두 마리가 물을 나눠 먹는 모습은 훈훈했다. 나이가 제법 많은 까닭일지, 자지러지게 웃을 일도 줄어들었고, 눈물 콧물 범벅으로 슬퍼지는 일도 없어졌다. 이렇듯 감동, 감격할 일이 없어진 무미건조한 일상에 새 두 마리가 내 뜰에 찾아와 나를 신나게 했다. 누군가를 기다리는 일은 희망이다. 누군가 나를 찾아오는 일은 기쁨이다. 우리들은 콘크리트 상자를 포개놓은 것 같은 삭막한 주거환경에서 조금이나마 자연을 불러들이려고 화분에 꽃을 가꾸는데 날마다 새가 날아든다는 건, 금상첨화요, 축복이다. 내가 저만치 주방에서 일할 때는 그 애가 큰 목소리로 인사를 한다.

"안녕하셨어요? 저 왔어요. 물맛이 꿀맛이에요. 끼르으 끼르!"

"그래, 목이 말랐구나, 어서 물 마시렴!"

그 애와 대화 소릴 듣고 컴퓨터 앞에 앉아있던 막내가 반갑게 달려 나와 보지만 날아가는 새의 꽁지만 바라보며 아쉬워한다. 앞 베란다에서 화분을 정리하고 청소를 할라치면, 그 앤 소리를 친다. 아마 내가 너무 가까이 있어 무섭다고, 그래서 맘 놓고 물을 마실 수가 없다고 하소연하는 것인지도 모르겠다. 녀석 때문에 잠시 일손을 멈추고 저만치 떨어진 곳으로 가서 그 애가 물을 마시고 날아갈 때까지 기다려주는 친절을 베풀게 되었다.

생각해보니 사람들이 이기적이다. 산 속에 흐르는 물줄기를 복개공사 하고 수도꼭지를 달고, 수시로 수질검사를 하면서 '약수터'라는 이름을 붙였다. 자연스레 흐르던 산골짜기 물은 어느 순간부터 산짐승, 산새들에게는 불리한 환경이 되었다. 더 멀리 날아야만 물을 마실 수 밖에 없는 상황이 된 거다. 부레옥잠 꽃을 보고자했던 저 옹기뚜껑의 물은 저 애들에게 오아시스이고 깊은 산 속 옹달샘이다. 어쩌다 발견한 옹달샘을 보고 기뻐했을 새의 벅찬 환희가 내게 전해온다. 한참동안 가물었나보다. 얕아진 옹달샘에 한 바가지 물을 길어다 부어주어야겠다. 곧 송화가 날아와 이 옹달샘에 노랗게 금테를 두르고 한껏 치장을 하면 새는 임금님이라도 된 듯, 격상된 대접을 받은 손님처럼 더욱 기분 좋아질 것이다. 막내가 동요 '깊은 산속 옹달샘'을 흥얼거린다.

2

껍데기에 반하다

단단한 껍데기에 싸여 있는 견과류는 먹을 수 있게 되기까지의 과정이 만만치 않다. 물론 모든 먹을거리가 농부의 땀을 시작으로 많은 이의 정성이 드는 것은 다시 말할 것도 없지만 호두, 잣, 은행, 땅콩, 밤 등은 거기다가 먹기 직전에 두꺼운 껍데기를 깨야하는 고비를 넘겨야하는데 앞의 여러 과정 중에서도 가장 큰 과제다. 어려운 여러 차례의 시험을 거치고 마지막으로 면접을 통과해야하는 우리 사회의 많은 젊은이들의 험난한 취업과정과 비슷한 것인지 모르겠다.

아주 딱딱한 껍데기를 깨야 한다. 한 알 한 알 껍데기를 깨야 하는 일은 적당한 힘을 줘야하는 섬세한 기술이 필요하다. 너무 약하면 껍데기가 깨지지 않고 너무 세면 알맹이를 손상시켜서, 알맹이를 얻기 위한 본래의 의미를 상실하게 된다. 견과류 중에서도 호두를 먹기가 제일 어려운 줄 알았다. 가장 견고한 껍데기 속에 울퉁불퉁한 사람의 뇌의 모습과 흡사한 속살을 가졌기 때문이다. 그러나 잣을 깨 보고서야, 호두까기보다 더 까다로운 과정을 거친다는 것, 그런 다음에야 작은 한 알의 잣을 얻을 수 있다는 것을 알게 되었다. 그동안 잘 포장된 잣의 고소한 맛을 즐기기만 했지 그 과정을 미처 알지 못했었다.

강원도에 사시는 시어머님이 주셨다면서 나의 착한 학생 베트남 새댁이 한 됫박은 족히 될 만한 잣을 나누어 주었는데 바로 피잣이었다. 뽀얀 속살로만 된 완제품을 구해 먹다가 피잣을 만나니 원시림을 산책하는 것 같은 상쾌함이 있었다. 작은 외형이 앙증스럽기도 했지만 고 쬐끄만 것에서 나는 향내가 어찌나 진하던지 강원도 어느 산골의 잣나무 숲에 든 것 같았다. 잣 선물이 고마운 건 잠깐이고 이걸 어떻게 깨야하는지 궁리해야 했다. 못을 빼는 뻰찌 모양의 전용 도구가 있다지만 한 번 쓰자고 그걸 구매하는 건 비효율적이라는 계산을 하게 되었다. 생각 끝에 어느 여름, 물가에서 건져온 납작한 몽돌을 찾아 아랫돌로 놓고 길쭉한 또 하나의 조약돌로 망치 삼아 잣 깨기 준비를 하고 보니 학창시절 대충 보아 넘겼던 사회책의 구석기 시대거나 신석기 시대 자료 화보 같았다. 내 손톱의 반 만한 피잣을 엄지와 검지로 잡고 깨야하는 정교한 작업을 해야 하는데 만만한 일이 아니었다. 힘의 정확한 분배도 어렵지만 위치를 정확하게 조준하지 못하면 자칫 손가락이 타박상을 당해야 했다. 어렵게 성공을 했더라도 알맹이를 깨뜨려서 부스러뜨리기도 해서 손실이 많고 설사 성공을 했더라도 알갱이라는 게 참으로 크기가 작아서 참 한심한 생각이 들었다. 그 어떤 일도 처음 하는 일은 어설프지만 반복을 하다보면 바람직한 방법이 나오기도 하고 노련해지게 마련이었다. 어느새 거의 기계처럼 익숙한 솜씨로 잣을 깨게 되었는데 누구나 그러하듯이 이 때 쯤엔 약은 체를 하게 마련이다. 우선 굵은 피잣 열 개를 골라 먼저 까기로 했다. 열 개를 까고 다시 열 개를 까니까 '이 많은 것을 언제 다 까나' 하는 숙제 같은 마음이 없어지고 놀이가 되었다. 세상살이의 하루를 24시간으로 나누어 놓기도 하고 일주일이거나 한 달, 초하루, 보름, 사계절, 새해, 연말 등으로 마디를 주는 것과 같이 한 됫박의 잣을 열 알씩 나누어 까 보니 막막함이 나누어지고, 솔솔 재미가 났다. 그리고 잣이 참 소중한 생각이 들었다. 견과류의 껍데기가 그렇게 단단한 것은 너무 많이 먹지 말고 조금만 먹으라는 자연의 암시라고 했던가. 새삼 자연의 가르침이 깊이 되새겨졌다.

그런데 여기서 참으로 의미 있는 교훈을 또 발견했다. 피잣의 겉모습이 굵다고 해서 알맹이도 실한 것은 아니었다. 겉모습은 굵지만 알맹이가 없는 빈 쭉정이가 있고 겉모습은 잘아도 알이 튼실하게 꽉 찬 것도 있어서 굵은 것만 골라서 먼저 깨려는 손을 부끄럽게 했다.

우리들 삶도 마찬가지였다. 특히 요즘 젊은이들의 외모 지상주의는 대한민국을 성형왕국으로 만들고 티비 출연자들이 주저없이 성형 횟수를 말하는 엉뚱한 정직을 목격해야하는 씁쓸한 상황과 마주하게 된다. 날 때부터 오똑한 코를 가진 사람을 처음 만날 때, 혹시 코를 성형한 게 아닌지 의심하게 되는 세상이 되었다. 거칠고 투박한 질그릇의 된장찌개, 청국장의 깊은 맛과 우리 몸을 살리는 진하고 텁텁한 영양이 더없이 소중하게 느껴지는 때이다. 날렵한 그릇에 담긴 화려한 서양 먹을거리들이 그들을 지나치게 비대하게 하여 치료가 필요할 때 구수한 자연의 맛이 듬뿍 든 우리의 한식이 치료식이라는 사실은 뜻하는 바가 크다.

우리들에게 겉모습이 아닌 알찬 내용을 제대로 보는 눈이 없음을 부끄러워해야 한다. 그리고 부실한 겉모습은 알찬 내용에 의해 차츰 아름다운 모습으로 변한다는 세월의 묘약을 깨달아야한다. 어차피 껍데기는 벗겨지는 것이고 벗기려고 있는 것이다. 껍데기는 내용물을 보호하기 위해 있는 것뿐이다. 하느님께서 그렇게 만드신 것은 그 까닭이 있을 게 틀림없을 텐데 숭고한 의학의 또 다른 길이 정도正道가 되었다. 우리 속담 '빛 좋은 개살구'를 떠올리며 실소를 하다가 '보기 좋은 떡이 먹기도 좋다'며

긍정적인 생각을 하기로 했다. 날마다 갈팡질팡 흔들리는 껍데기로 산다. 어느 의사 선생님을 찾아가 콧대를 높혀야 할 것인지 낮은 코로 세월을 벌어야할 것인지,

3

하늘 가는 길

2월의 마지막 날부터 3일 동안 병원 지하층의 장례식장에서 두더지로 지냈다. 그렇지만 여러 가지 편리한 시설들로 지하층을 의식하지 못하다가 장례미사를 위해 성당으로 가면서 눈부신 햇살과 가로수와 공원의 나무와 풀을 보고서야 여기가 진정 사람의 자리라는 것을 느끼게 되었다. 그러고 보니 대개 장례식장이 지하층에 위치한 것도 특별한 의미와 맞아떨어져 보였다. 더 멀리 뛰기 위해 출발점보다 더 뒤로 가서 도움닫기 하는 것처럼, 더 높이 날기 위해 길고 긴 활주로를 내달리는 것처럼, 저 멀고 먼 하늘 길을 위해 남아있는 우리들의 준비 기간으로 보였다. 3일장이나 5일장은 가신 이를 위한 자손들의 도움닫기이다.

엄숙한 장례미사가 정성스럽게 봉헌되었다. ‘욥기의 말씀’ ‘사도 바오로의 고린토 1서 말씀’을 되새기며 남은 삶을 성실히 가꾸겠다고 또 다짐하고, 돌아가신 이의 영원한 안식을 기도했다. 성가대의 나지막하고 정갈한 기도 노래는 멀리멀리 펴져서 하늘에 닿을 것 같았다.

나이 많으신 어르신들의 요즘 구호는 ‘구구팔팔’이다. 여럿이 모인 좋은 자리에서 소주라도 한 잔 하시게 되면 으레 술잔을 쳐들고 ‘구구팔팔’을 외친다. 99세까지 팔팔하게 사시는 꿈을 말하는 거란다. 어떤 분은 한 단계 격상의 구호로 ‘일이삼’을 쓴다. 하루 이틀 앓다가 삼일 만에 돌아가는 거란다. 이 세상에 태어나는 건 순서가 있어서 형 아우가 결정 되지만 저 세상으로 가는 건 순서가 없다. 서럽게도 형이 먼저 가기도 하고, 아프게도 자식이 먼저 가기도 한다.

고모님도 여섯 살 터울의 오라버니보다 먼저 서둘러 가셨다. 오직 하나 뿐인 딸을 열정으로 양육하셨으니 더 오래 효도 받으셨더라면 당신께는 보람이요, 딸에게는 기쁨이었을 것이었다. 새로 얻은 자식, 사위 또한 자랑거리가 많아 열 손가락이 모자라는데 76세에 멀리 떠나셨으니 아쉬움이 크다. 그러나 사람들은 늘 위로하길 좋아하는 법이어서 ‘그래도 복이 많으시다’ 하신다. 1년여 캐나다에 가서 안식년을 보내고 돌아온 의사 딸 내외와 재회한 지 한 달만의 이별이다. 전 날 밤, 워낙 깔끔하신 성품

대로 목욕하시고 두루두루 조카들, 종손녀들을 하나하나 거론하며 한 말씀씩 전하시곤 잠에 드셨다는데, 마지막이셨다. 늦잠을 주무시는 줄 알았는데 영영 일어나지 않으셨단다.

'천사들이여, 이 교우를 천상 낙원으로 데려 가소서! 성인들이여, 이 교우를 주님의 품 안에 쉬게 하시고 거룩한 천국에 인도하소서!'

성가대의 경건한 고별 기도로 검은 이불을 덮으신 고모님을 배웅했다. 벽제로 향한 자동차는 미련도 아쉬움도 없이 달린다. 연령회 교우들의 끊임없이 이어지는 기도가 고마워서 나도 그들과 호흡을 맞춰 목이 쉬도록 기도했다. 그러느라 벽제 가는 길목은 살필 겨를이 없었다. 어느새 벽제 화장장에 도착했단다. 아무도 말하지 않았지만 이미 와서 그들의 사랑하는 이를 보낼 준비로 시커멓게 탄 가슴을 닮은 시커먼 상복을 입은 이들이 건물 안과 밖에 빼곡하니 벽제 화장장에 온 것을 쉽게 알 수 있었다.

잠잠했던 폭풍이 다시 일어나듯 한바탕 통곡의 의식 속에서 어렴풋한 기도문을 뒤로하고 관은 건장한 사내들에게 맡겨졌다. 한참을 기다려야한다는데, 바라보고 있으면 무엇이 다를까, '관망실'이라는 곳에서 유리창 너머로 무엇인지도 모를, 희미한 것들을 바라보고 있었다. 멀고 먼 하늘 길, 세상의 몸으로 가기엔 너무 무거워서, 하늘의 몸으로 가볍게 바꾸는 거룩한 의식이 저기 저 사내들에 의해 치러지는 것이었다.

하얀 도자기로 나오셨다. 얼마를 기다렸는지 시간도 잊고 무작정 관망실에서 풀어져있던 딸과 사위와 손주에게 부드러운 곡선의 하얀 도자기로 나타나셨다.

그렇게 가벼운 몸으로 바꾸시곤 하늘로, 하늘로 훨훨 오르셨다. 사순절이었으니, 곧 부활시기를 맞는 시기였으니, 모두들 천국에 드셨을 거라고, 그럴 거라고, 믿고 기도했다. 혹자는 지난 2월 16일 선종하신 김수환 추기경님을 천국에 들이시느라 활짝 열린 천국 문이 아직 유효하다고 덕담을 드렸다. 그럴듯하다. 요즘 경비가 삼엄한 최신 아파트의 출입이 극히 제한적이지만 그 주민이 드나들 때 살짝 들고 날 수 있는 것과 꼭 같은 상황이 떠올라 속으로 빙그레 웃었다. 3일 동안 부르고 또 부른 성가, 520번이 입에서 맴돌았다. 오늘 이 세상 떠난 이 영혼 보소서. 주님을 믿고 살아온 그 보람 주소서. 주님의 품에 받아 위로해 주소서. 주님의 품에 받아 위로해 주소서.

4

베르나르도 신부님의 영원한 안식을 기도합니다

분향소에 걸린 신부님의 환한 미소에 큰 절을 올렸습니다. 매주 말씀의 전화를 통해 어영부영 살지 말고 하느님 말씀을 깊이 새기며 살기를 재촉하신 방윤석 신부님, 열심히 공부 시킨 후에 눈깔사탕으로 따뜻하게 달래주시는 인자한 스승처럼 끝 부분에 '웃고 삽시다' 코너를 만들어 저희를 한바탕 웃게 만드시고 신부님께서도 그렇게 웃으며 지내셨겠지요? 그 다정한 웃음을 이제는 사진으로만 뵐 수밖에 없으니 가슴이 뻐근합니다. 느릿한 충청도 말씀으로 말수 적은 무뚜뚝한 아버지 같았지만 뜻한 바를 실천하실 때는 천하를 뒤흔드는 대장군 같으셨으니 저희 가슴에 깊이 자리하시어 신부님을 보내드리기가 더욱 힘듭니다.

신부님, 우리는 다시 만날 수 있다는 것을 확신하지만 그 때가 언제 인지는 아무도 모릅니다. 하느님께서만 아십니다. 신부님께서 '아버지, 제 영혼을 아버지 손에 맡깁니다.'(루카 23, 46) '제 뜻대로 마시고 아버지 뜻대로 하소서.'(루카 22, 42) 라는 말씀을 남기신 것처럼 저희도 그 말씀을 맘 속 깊이 새기겠습니다.

돌아보니 신부님을 처음 뵈었을 때는 저도 그런대로 젊었을 때였습니다. 대전가톨릭문학회 제2권 '당신 안에 하나'라는 이름의 책이 세상에 나와 출판기념 미사를 하는 자리였습니다. 1995년이었으니 강산이 두 번은 변했겠습니다. 책꽂이에 꽂혀 있던 책 '당신 안에 하나'를 다시 찾아 펼쳐봅니다. 누렇게 빛은 바랬지만 신부님의 정신이 깃든 글은 영원히 살아 신부님을 기억하는 저희들에게 귀감이 될 것입니다.

지금도 신부님의 목소리가 들립니다.

평화방송 사장님이셨던 때였습니다. 라디오방송에 청취자 참여 전화로 대화를 나누던 시간이었는데요, 마침 스승의날 즈음이었었지요. 라디오 진행자가 생각나는 은사님께 인사 하기를 청했고 저는 여고시절 선생님과 대전평화방송 사장신부님이신 방윤석 베르나르도 신부님께 인사를 했지요. 그 다음날 신부님께서 손수 전화를 주셨잖아요. 신부님의 다정한 목소리에 감탄을 했고,

"신부님도 여러 사람에게 뜨는 전파를 타면 기분이 좋으세

요?"

라고 당돌한 말씀을 드렸었지요.

"그럼유, 저, 신부두 사람유!"

이렇게 말씀하시던 수더분하고 따뜻한 참 사람, 방 신부님의 목소리가 귓가에 쟁쟁합니다.

신부님, 가칭 '오작교프로젝트'를 기억하세요? 천주교의 귀한 청년들이 하느님과 성요셉 성인, 성모마리아를 본받는 성가정을 이루도록 도와야겠다고 하셨었잖아요?

"잘 난 넘들이 등록을 안헤유. 등록을 헤야 다리를 놓지유!"

하시면서 안타까워 하셨고 결국 무산된 적이 있었잖아요? 신부님 영전에 마지막 인사를 하고 돌아오는 차 안에서 조 마르타 자매님과 신부님 이야기를 하면서 돌아 왔습니다. 신부님 마르타 자매님한테 귓속말 하셨지요? 다 알아요. 마르타 자매님이 제 글라라에게 오작교를 놓는다네요. 방윤석 신부님, 감사합니다. 그리고 이젠 걱정 놓으세요.

천사들이여, 모든 성인들이시여 방윤석 베르나르도를 위하여 빌어주소서!

사랑이신 하느님, 방윤석 베르나르도 신부님의 영원한 안식을 기도합니다. 아멘!

5

눈에 보이는 것, 그 너머

서울에 있는 예술의 전당에 가게 되었다. 거기, 디자인미술관 2층 전시실에서는 아주 특별한 일이 일어나고 있었다. 눈앞에다가 내 손을 바짝 갖다놓아도 전혀 보이지 않는 완벽한 어둠의 공간에서 시각장애인 가이드가 설명하는 목소리와 손뼉소리만을 듣고 살아내야 하는, 소리로 보아야하는 세상이 있었다.

나는 충청남도 시각장애인협회 점자도서관에서 책을 읽는 '녹음봉사'를 한다. 아주 오랫동안 녹음봉사를 하는 선배님을 두고두고 부러워만 하다가 용기를 내게 되었다. 봉사는 가진 것이 많아서라기보다 내가 가진 것 중의 조금을 덜어내는 것이라고 생각한다. 그러면서도 선뜻 시작하지 못했던 일을 하게 되어 마음이 가볍다. 가진 것, 소유의 대표는 단연 금전일 테지만 신성한 노동력과 시간 등 많은 것들 또한 소중한 것들이다. 하느님이 각자에게 각각의 은총(달란트)을 준 것은 공동의 이익을 위함이라고 했다. 내게 듣기 거북하지 않은 목소리와 밝은 눈이 있으니 그들과 그걸 조금 나누기로 했다. 내 목소리로 녹음한 책은 시각장애인들의 세상이 되고, 소중한 정보가 되고, 더러는 따뜻한 감격이 될 것이다.

점자도서관 담당직원의 서울나들이 계획, 그것도 목적지가 예술의 전당이라는 말을 듣고 잔뜩 기대했다가 시각장애인 체험이라고 해서 조금은 심드렁하기도 했다. 주말의 일정을 옆으로 미루어놓고 점자도서관 앞에서 출발하는 차에 올랐다. 길은 우리의 서울을 멀게도 하고 가깝게도 했다. 고속도로를 잘 달리는가싶더니 꽉 막힌 주차장이 되었다가 어린아이의 걸음마가 되기도 했다. 입장권 예매로 정확한 시간을 지켜야하기에 우리 모두는 몸이 달았다. 서울의 길을 꿰뚫고 있는 선배의 운전실력 덕분에 가까스로 예약된 시간 전에 도착할 수 있었다. 주차장에서부터 뛰었을 선배의 거친 숨을 채 고르기도 전에 '어둠 속의 대화(Dialogue in the Dark)'에 대한 간략한 안내를 들어야 했다.

"모두 소지품과 휴대전화 특히 안경을 보관함에 넣으십시오. 우리가 가지고 있는 80% 이상은 시각에, 나머지 20%는 후각, 촉각, 미각, 청각을 사용하고 있습니다. 시각이 배제된 20%의 감각과 가이드의 안내로 이 공간을 체험하시는 겁니다."

곧바로 우린 흰지팡이 하나씩을 들고 어둠 속으로 들어갔다. 멋진 목소리로 우릴 맞이한 가이드에게 우리도 목소리로 자신의 이름을 소개하는 간단한 인사를 나누었다. 흰지팡이가 무슨 소용인가? 우린 그 흰지팡이조차 보이지 않는 어둠 속에서 가이드의 목소리와 손뼉소리의 포로가 되어버렸다. 어둠의 여행이었다. 20%의 감각으로, 20%의 감각을 찾아 떠나는 여행이 시작 되었다. 폭포의 물소리가 들리고 이름 모를 새가 지저귀고 발바닥엔 조약돌이 느껴졌다. 전에 천안시청 옆 공원에서 보았던 조약돌이 깔려 있다는 걸 구두 밑의 감각으로 눈치챌 수 있었다. 가이드의 안내로 벤치에 앉아 시원한 바람을 느껴보았다. 손으로 만져본 벤자민 이파리, 고무나무, 소나무가 보이는 듯 했다. 여기가 잘 단장해 놓은 공원이란 걸 알 수 있었다. 마냥 공원에 앉아 쉴 수만은 없는 것이 현실이다. 시장에 갔다. 손으로만 느껴야하는, 촉각과 후각으로만 보아야하는 시장의 좌판에는 감자, 고구마, 양파, 등이 있었고 기억할 수 없는 많은 것들이 있었을 게다. 거기엔 원두커피도 있었다. 원두 한 알을 집어 씹어보았다. 영락없는 원두였다. 내 손 끝에 달린 또 하나의 눈과 콧구멍에 달린 또 다른 눈도 정확했다. 이제 도시의 한복판인지 자동차소리, 시끄러운 소리들, 매캐한 공기가 코를 자극했다. 가이드의 목소리. 손뼉소리로는 역부족인지라 우리들 한 사람 한 사람을 손잡아 안내했다. 건널목 앞의 신호등은 보이지 않아도 음성안내가 있으니 건너간다지만 내 앞길을 가로막는 이 벽은 또 뭔지, 아 이 고장 난 자전거는 왜 여기 이렇게 쓰러져 있는 건지. ..... 복잡한 거리를 힘겹게 지나 찻집에 들어갔다. 찻집 주인이 목소리로 반갑게 맞이해 주었다. 남자와 여자라는 것도 목소리로 알 수 있고 목소리가 들리는 높낮이로 키가 좀 크고 좀 작다는 걸 어렴풋이 알 것 같았다. 우리들은 주로 미각과 후각으로 두유, 커피, 둥글레차, 콜라등을 마시게 되었다. 가이드와 찻집 주인은 화폐의 크기로 돈을 확인한다고 했다. 요즘 점자가 나타나 있는 돈이 있지만 크기로 식별하는 게 더 편리하다고 했다. 거기서 우릴 안내한 가이드는 우리에게 이 공간에서 머문 시간이 1시간이나 되었다고 하여 깜짝 놀랐다. 25분이나 30분쯤 지났을 것 같은 느낌이었다. 더 많이 느껴보려고 힘껏 노력한 시간이었기에 더 빠르게 지나갔을까? 재미있는 시간은 후딱 지나갔고 지루한 시간은 더디기만 했었는데 어둠 속에서 우린 다소 불편하고 두렵기는 했어도 불쾌한 일은 아니었나보다. 가이드와 작별의 인사를 나누고 암흑 속에서 빠져나와 다시 돌아온 밝은 입구에서 나도 모르게 안내자를 꼭 껴안았다. 시각장애자의 깊은 어둠을 조금은 이해하게 되었고 나의 밝음이 감사해서 가슴이 벅찼다. 하느님은 하나를 거두시면 둘을 주시는 분인지도 모르겠다. 한 시간 동안 암흑체험에도 기억으로, 상상으로 세상을 볼 수 있게 하시니, 더 많은 상상을, 더 많은 노력을, 더 예민한 후각, 촉각, 미각, 청각을 키워 주시니 말이다. 이 벅찬 감동을 오래오래 간직하며 세상을 사랑과 열정으로 맞이해야겠다.

어둠 속의 대화(DIALOGUE IN THE DARK)는 1988년 이후 독일 외 전 세계 21개 국가에서 전시되고 있고 일상에서 접하기 힘든 암흑이라는 공간을 통해 인간의 가능성과 풍요로운 삶을 다시 한 번 느끼고, 체험을 통해 소수계층에 더 많은 존중과 관용, 그리고 그들과의 다름을 수용할 수 있는 마음으로 보는 전시 공간이라고 했다.

6

어지간히 바쁘겠다

어머님의 제삿날이었다.

어머님 좋아하시던 참외를 맨 처음 샀다. 어머님은 참외를 무척 좋아하셨다. 건강하실 때에도 그러하셨지만 오래 앓아누워 계실 때도 참외를 좋아하셨다. 참외 먹기는 다른 과일에 비해 거추장스럽긴 하다. 씨앗이 잘고 많은데다가 씨 집이 자칫 부실해지면 다 흩어지기 때문이다. 그렇지만 노란 껍데기 속에서 뽀얀 속살을 드러낸, 보드랍기도 하고 아삭하기도 한, 다디단 그 맛의 매력은 어머님뿐만 아니라 많은 이들의 미각을 사로잡는다.

나는 재빠르게 앞치마를 두르고 부엌의 시장바구니 속에서 삐죽 고개를 내민 노란 참외를 보며 웃음을 참지 못한다. 어머님의 기일이 아닌 다른 조상님의 기일에도 난 한 차례 그 웃음을 지나친다.

그 웃음은 아버님의 말씀으로부터 왔다.

어머님이 건강하셨을 때, 그리고 집안 살림을 어머님이 주관하실 때의 일이었다. 나는 어머님의 치마꼬리 뒤에서 지시하시는 대로 착오 없이 실행하는 충실한 외며느리였다. 어머님은 풍신만큼이나 마음씀씀이도 크고 넓으셨다. 그 중에 사촌시동생들을 헤아리시는 마음에서도 잘 나타나셨는데, 너무 늦게 제사를 모시면 다음날 직장생활에 무리가 있을 것이라 짐작하시고 서둘러 제물을 올리고 제례를 서두르셨었다. 그런데 아버님은 그것이 못마땅하셨다. 제사는 자정에 지내야한다는 지론이 꼿꼿하셨다. 그런데 어머님께서 너무 서두르시니 못마땅하긴 했지만 어쩔 수 없이 따르시는 품이었다. 그러시면서 기어코 한 말씀을 하셨다.

"나중에 그거 한 그릇 읃어 먹으려면 어지간히 바쁘겄다."

그 땐 시집온 지 얼마 되지 않은 때라 맘 놓고 웃을 수도 없는 며느리였다. 그렇지만 이젠 시누이들과 모인 자리에서 아버님의 그 말씀을 두고두고 재탕하며 깔깔거린다. 아버님 어머님 생각에 조금은 숙연한 분위기를 '아버님께서 주고 가신 그 말씀'으로 눅친다.

매번 제삿날의 의미를 생각하며 전을 부치고 떡을 빚고 나물을 무치게 된다. 부모님께서 살아계시는 동안 골고루 사랑하신 것처럼 당신들께서 먼 나라로 가셨을 때에도, 적어도 일 년에 한 번은 모여 형제 된 인연을 확인하며 형제애를 나누라는 뜻으로 새기곤 한다. 그러나 요즘엔 멀리 떨어져 사는 형제가 많고 형제가 많지 않은 가정도 많아서 쓸쓸한 제삿날에는 자칫 귀찮은 생각이 들기도 한다. 남편이 외아들이라서 그런 생각이 들었을 것이다. 부모님 제삿날에는 멀리 강원도에서 시누이 내외가 오시기도 하지만 그 윗대 조상의 기일에는 우리 부부가 심심하게 제사를 모시니 정말 쓸쓸하다.

어머님은 노란색을 좋아하셨던 것인지 모르겠다. 노랗게 익은 참외를 맛나다하셨고 노란 개나리로 온 세상이 뒤덮힌 봄에 떠나셨다. 어머님의 유택으로 드는 길목에는 노랗게 흐드러진 개나리 군중이 엎드려, 임금님의 행차라도 되는 듯, 무더기로 꽃길을 만들어주었었다. 오늘밤, 어머님은 아버님과 함께 그 꽃길로 오실 거다. 보물처럼 아끼고 귀하게 여기시던 당신의 자손이 마련한 이 조촐한 병풍 앞으로 오시느라 종종걸음을 치실 거다.

"아버님, 바쁘셨어요?"

"@#$%&* … "

"미리 미리 준비하셔서 괜찮으셨다고요?"

7

마리아와 마르타

대한민국에서의 꿈같은 미래를 꿈꾸며 시집온 새댁들이 모여 있다. 베트남 새댁들이 모여서 한국어 공부를 하는데, 찾아가는 한국어서비스를 받는 결혼이민자들이다. 언어의 네 가지 영역, 듣기 말하기 읽기 쓰기를 반복한다. 짝을 이루어 본문의 대화문을 읽게 하고 분문에 삽입된 그림을 보고 이야기를 나눈다. 한국어의 연음화가 힘들다며 낑낑대지만 반복학습의 결과 어느새 얼추 한국인처럼 읽는 친구도 있어서 교육의 효과에 감탄하기도 한다. 물, 불을 못 가리는 한국어 맹인이었던 그들과 만남이 거듭될수록 조금씩 한국어에 눈을 뜬다. 그들과 같이 한국어와 씨름을 하다보면 중학교 1학년 때 영어를 배우던 추억이 풋풋하게 떠오른다. 단어를 외우고 발음기호를 연습하고 문장을 읽던 단발머리 중학생은 낯선 영어가 신기하고 새로운 맛이 신선한 충격이었다. 영어를 배우지만 말할 기회란 통 없었던 우리들의 중학시절과는 달리 이 새댁들은 배운 것을 바로 활용할 수 있는 한국어 환경에서 생활하기에 훨씬 빠른 성과를 올린다.

ㅈ의 시어머니께서는 아침마다 가까이에 사는 작은 아들네 손주들을 어린이집에 보내고 오셨단다. 더러는 작은 아들네서 식사하시는 때도 있어서 현관으로 들어오시는 시어머니께 식사하셨는지 여쭈었단다.

"먹어야지~"

시어머니의 자연스런 표현을 베트남에서 시집온 며느리는 '먹었다'로 해석하고 혼자서 밥을 차려 다 먹었단다. 그런데 참 이상했다. 시어머니께서 잠시 후 밥상을 차려서 드시더란다. 그날 저녁, 남편이 퇴근했을 때 시어머니는 아침에 있었던 일을 아들에게 말씀하셨고 온가족이 호치민까지 들릴 것 같은 폭소를 날렸다고 한다. 예수님을 따르는 통 큰 시어머니라 확실히 다르다는 걸 전해 듣는다.

그런 날은 교재의 진도에서 좀 벗어나기로 한다. 즉석 생활한국어를 맛보기로 공부한다.

"오늘 저녁에 어머니께 말씀드려요."

"어머님, 시장하시죠? 제가 얼른 진지 차려드릴게요."

ㅈ은 공책에 얼른 쓰고 연습한다. 다음 시간에 만나 그 후 이야기를 들으면 모두가 다시 흐뭇해지는 시간이다. 시어머니께선 함박꽃 웃음으로 기뻐하셨을 게 뻔하다. 그랬단다. 오늘 선생님께 배웠느냐고 물으시며 웃으셨단다.

우린 새로 시집 온 새댁을 아가라고 한다. 사돈댁엔 '오이 먹는 법도 다르다'고 한 것처럼 각 가정은 생활습관이 달라서 우리 집에 온 날부터 아기로 배려하는 거다. 시댁에서 모든 것을 새롭게 배우라는 암시이기도 하다. 하물며 말과 글이 다른 남의 나라에 시집온 베트남 새댁은 오죽하랴.

ㄸ의 집에서 공부하는 날이었다. '세상에서 가장 아름다운 소리, 책 읽는 소리'가 넓지 않은 방안에 낭랑하다. 우리 선조들이 훈장님 댁 사랑방에서 천자문을 읽었을 때도 이런 풍경이었을 것 같다. 선창하고 따라 읽고, 잘못 읽는 곳을 바로 잡아 연습하고, 문법의 여러 활용을 선보이고, 듣고 말하고 읽고 쓰고…

그런데 2시간 수업이 끝날 무렵이면 집 주인 ㄸ이 슬그머니 자리를 뜬다. 아직 시간이 남아있으니 수업이 계속되는데 한 사람은 부엌에 갔고 곧이어 구수한 음식냄새가 그녀의 자리에 와 앉는다. 나는 성경의 '마리아와 마르타'가 떠올랐다. 그녀가 굳이 그렇게 하지 않아도 되련만 그녀는 마르타였다. 공부 욕심이 많으면 수업이 끝난 다음 움직여도 되련만, 그렇게 해야 다른 친구들과 선생님에게 좋을 거라는 생각을 했을 거다. 수업이 끝날 때까지 열심히 공부를 마무리하는 마리아 들을 질투하지도 않고 그리운 고향음식을 조리해서 친구들과 고향을 반추하며 선생님에게도 고향 음식을 선보였다.

음식 만드는 일이 즐거운 천생 여자가 있고, 한국어 공부에 열심인 학구파가 있다. 이집의 마르타는 마리아가 돕지 않는다고, 예수님께 일러바치지도 않는다. 매 번 그러는 것이 아니니 예수님 또한 무어라 나무랄 수가 없으셨을 것이다.

루카복음 10, 38-42 말씀을 다시 찾아 읽어 보게 된다.

"마르타야, 마르타야! 너는 많은 일을 염려하고 걱정하는구나."

스스로 선택해서 하는 즐거운 일은 불만이 없을 것이고 따라서 불평하지도 않는다. 베트남 음식의 낯선 향이 호기심을 자극하지만 조심스럽게 다가가 앉는다. 그들과 함께 먹으니 한층 더 가깝게 느껴진다.

"ngon [응언]"*

내가 어설픈 한마디 베트남어를 연습하듯 내놓으면 그들은 모든 걸 다 줄듯이 기뻐한다.

'한솥밥 먹은 사이'라고 했던가.

* 베트남어로 맛있다.

8

꿈 이야기

요즘에는 밤잠을 자다가 꿈을 꾸는 일이 별로 없다. 꿈을 꾸었어도 잠에서 깨면서 금세 잊어버린다. 숙면을 취한다고 볼 수도 있겠고, 별 변화가 없는 무난한 일상이기 때문인 것도 같다.

꿈 이야기를 하면 떠오르는 인물이 있다. 오스트리아의 정신분석학자 프로이드이다. 그는 바다에 깊숙이 박힌 큰 바위를 빗대어 수면위의 바위는 의식의 세계, 물 밑의 거대한 바위는 무의식의 세계인데 무의식의 조종을 받는다고 피력한다. 잠자는 시간에는 의식과 자아 활동이 약해지는 무의식이 활동하는 시간이고 꿈으로 나타난다고 보았다.

사람들은 꿈을 꾸고 꿈을 해석하고 길몽 덕분에 이런 좋은 일이 일어났다고 전하기도 하고 나쁜 일을 경험하고는 전날 저녁 이런 악몽을 꾸었다고 되짚어 꿈과 연결하기도 한다. 꿈을 꾸는 것, 꿈과 연결된 우리들의 일상이 참 신기하다. 세상의 어머니들이 많은 꿈을 꾸는데 그 중에서도 자식을 잉태할 무렵의 태몽을 가장 의미심장하게 해석하고 또 오래 기억할 것이다. 한국의 대표 어머니 신사임당은 아들 율곡을 낳을 즈음 용꿈을 꾸었다고 한다. 꿈 중의 으뜸으로 치는 용꿈을 꾸어서 그런지 그는 큰 활약을 하는 인물이었다. 강릉 오죽헌에는 그가 태어난 몽룡실이 있어서 많은 사람들의 발길이 이어진다. 몽룡실을 방문하면 용꿈을 꿀 지도 모른다는 소망이 있을지 모르겠다. 아들은 5천원 권에, 어머니는 5만원 권에 세계 최초로 모자가 화폐인물이 되었다.

태몽으로 화제를 이끄는 이가 또 한 사람 있다. 티비 강사로 잘 나가는 ㄱ선생이다. ㄱ선생의 어머니는 좋은 일이 있을 때마다 '내가 태몽을 잘 꿨기 때문'이라고 하며 '너는 잘 될 수밖에 없다'라며 성공에 대한 믿음을 주었다고 하는데 여기에 반전이 있다. 실제 꿈을 꾼 것이 아니라 자식에게 성공에 대한 확신을 주고자 마련한 허구였다는 것이다. 지혜로운 어머니의 각본에 의해 만들어진 태몽이라는 거다. ㄱ선생은 그래서 어머니를 더욱 존경한다고 한다. 꿈이 앞일을 예시한다는 믿음, 그래서 꿈을 소중히 생각하고 꿈에 의지하는 이들의 이야기이다. 승천하는 용꿈이나 팔차선 도로를 달리는 말을 군중이 뒤쫓는 꿈은 아니어도 보통사람들에게도 오래 기억에 남는 꿈이 있다. 복권 당첨자들은 늘 예지몽을 꾸었다고 한다. 조상님이 나타나는 꿈, 여러 마리의 돼지에게 둘러싸인 꿈, 대통령을 만나는 꿈, 똥 꿈, 불꿈, 맑은 물 꿈을 꾸었단다.

그러고 보니 내게도 지금껏 기억이 생생한 꿈이 있다. 우리 아이가 고등학교에 다닐 때인데 학부모 회의가 있어서 학교에 갔다가 재래식 화장실에 갔던 적이 있었다. 꿈 속에서 그 날도 자모회의가 있었던 지는 희미한데 아무튼 화장실에 갔었다. 화장실에서 볼일을 보다가 옆 칸에서 흘러나오는 오물로 인해 발이 흠뻑 젖어 잠에서 깼다. 17년 전인데도 선명하게 기억되는 것은 다음 날 반가운 소식을 전하는 전화를 받았기 때문이다. 문학상 현상공모에 당선이라는 기쁜 소식을 전해 들었는데 나중에서야 꿈과 연결하게 되었다. 거금의 상금을 받은 것으로 똥 꿈은 확실하게 길몽 값을 했다. 그 후로 아이들은 중요한 일이 있을 때마다 엄마가 좋은 꿈을 꾸었는지 묻곤 한다. 어느 날 또 똥 꿈을 꾸었다. 기대할만한 일이 없는데도 꿈을 꾸었기에 의아했는데 조상님의 제삿날을 앞두고 시삼촌께서 미리 금일봉을 전해주신 일이 있었다. 아주 큰돈은 아니었어도 봉투에 넣어 주실만한 지폐였기에 그 또한 신기한 일이었다. 아이들의 대학입학이나 취업 때에도 좋은 느낌의 꿈이 있었던 걸로 기억 된다.

좋은 꿈은 미리 발설하면 효력이 상실 된다는 말도 있고 흉몽은 해가 뜨기 전 큰소리로 말하면 효력이 상실 된다고도 한다. 또 길몽을 꾸면 꿈을 팔고 사기도 한단다. 고사에 전하는 꿈을 사고 판 사건은 김유신의 누이동생 문희와 보희의 일화가 흥미롭다. 보희는 경주시 선도산에 올라 오줌을 누었는데 그 오줌이 엄청나 서라벌에 가득 차는 꿈을 꾸었단다. 다음 날 아침에 꿈 이야기를 동생 문희에게 했는데 동생 문희는 해몽을 잘하였던지 언니의 꿈을 사겠다고 나섰단다. 언니에게 비단치마 한 벌을 주고 그 꿈을 샀다는데 장차 신라의 왕, 태종무열왕(김춘추)의 비 문명왕후가 되었으니 그 꿈 한 번 대박 중의 대박이다. 김유신은 김춘추와의 친분으로 자주 교류하였다. 그날은 공놀이를 하다가 옷고름이 떨어진 걸 문희가 달아주게 하면서 인연이 가까워지고 사랑이 싹트고 커졌다고 했다. 역사 공부 시간에는 재미있는 일화가 있어야 귀를 쫑긋 세우고 듣고 오래 기억하게 된다. 그러고 보니 용꿈 못지않은 길몽이 똥 오줌 꿈이지 싶다. 옛 어른들이 '꿈은 반대다' 고 하시더니 참말로 그런가 보다. 어릴 때 높은 언덕에서 뚝 떨어지는 꿈을 꾸면 그럴 때마다 "크느라고 그렇다"고 하시던 말씀이나 '배설'이란 나가는 것이니 '들어오는 것'과 대치되는 것이리라.

재래식 화장실이 있는 시골집에서 살아야 하려나 보다. 수세식 화장실에서 살다보니 이제 통 길몽이 꾸어지지 않는다. 현실에서의 경험이 꿈에서 대상만 변형되어 나타나는 경우가 많다고 한다. 꿈의 재료는 꿈을 꾼 사람의 경험이 혼합되어 나타난다는데, 최근의 경험에서 많은 영향을 받는다는데, 청결해도 너무 청결한 화장실에서 볼일을 보는 시대이니 똥 꿈을 기대하기가 어렵다. 아직도 똥 꿈이 많이 필요한데 말이다. 스스로 길몽이 꿔지지 않으니 '문희'처럼 꿈을 사기라도 해야겠다.

9

부뚜막의 소금도

봄이라지만 아직 바람은 쌀쌀하다. 그런데도 한낮에는 '해님과 바람' 속 나그네가 두루마기를 슬그머니 벗을 만큼 햇볕이 따뜻하더니 그 틈에 바짝 서둘렀나 보다. 우리 동네 뒷산 월봉산에 진달래가 분홍으로 활짝 피었다. 산길에선 진달래꽃을 손전화에 담는 이들을 종종 만나게 된다. 진달래꽃을 안고, 등지고 얼굴에는 미소를, 두 손으론 V 자를 만들어 보이고 손바닥만 한 전화기 속에 찍히고자 잠시 동작을 멈춘 이들도 있다. 이 고운 봄소식을 못 본 이들에게 전하고자 함이리라.

옛사람들은 화전을 부쳐 나누며 봄을 맞으며 즐겼다. 겨우내 울안에 갇혀 있다가 봄동산으로 뛰쳐나왔으니 얼마나 싱그러웠을까, 그 마음을 나도 공감하고 싶어 그들처럼 시절의 멋을 즐겨 보기로 했다. 들판에서 불을 피우는 멋은 감히 꿈도 못 꾸는 때인지라 앞뜰이나 다름없는 우리 집 베란다에 판을 벌이기로 했다. 꽃잎을 흐르는 물에 씻어 대바구니에 펼쳐 놓고 어제 담가 놓았던 찹쌀을 싣고 방앗간에 다녀왔다. 두어 됫박을 빻아 왔지만 서너 대접만 덜어서 반죽했다. 손자까지 끼어들어 고사리 같은 손으로 조물조물 봄 잔치를 했다. 탁구공만 하게 공굴리고 납작하게 눌러 팬에 부치고 뒤집어서 재빠르게 진달래꽃을 올려 서서히 익히는 느림의 퍼포먼스이다.

"이 예쁜 걸 어떻게 먹지? 아이, 예뻐라! 우리 집에 진달래꽃이 피었네!"

온 가족이 진달래꽃에게 한마디씩 찬사를 보내는 예를 갖춘 후 한 입 베어 물더니 그만 곱지 않은 목소리로 소리쳤다.

"아우 짜!"

방앗간 아저씨가 소금을 저울에 달아서 과학 실험하듯 넣는 것을 보았기에 '그럴 리가 없다고' 생각했지만 화전이 짜디짠 것은 분명한 현실이었다.

하는 수 없이 다시 찹쌀 한 됫박을 물에 담갔다. 쌀가루는 바로 먹지 않게 되면 냉동실에 보관해야 하는데 냉동고에 저장하는 걸 되도록 피하려는 나의 식품관리 지침에 어긋나는 일이었지만 어쩔 수 없는 상황이 벌어졌다. 다음 날 어제 빻은 쌀가루도 꼭 챙겨서 다시 불린 쌀을 갖고 방앗간으로 향했다. 방앗간에선 저울에 달아 적당량의 소금을 넣었는데 그럴 리가 없다고, 짤 리가 없다고, 거듭 항변했다. 나는 하는 수 없이 어제 빻은 쌀가루를 좀 맛보시라 권했다. 그러나 그분은 냉큼 집어 혓바닥에 대볼 수도 있으련만 결코 간을 보지 않았다. 무심히 새로 가져간 쌀을 기계의 아가리에 쏟아 넣고 단추를 꾹 눌렀다. 나는 그 집의 넓고 빨간 플라스틱 다라에 무지하게 짠 어제의 그 쌀가루를 쏟아서 다시 빻은 쌀가루와 고루 섞어야겠다고 했더니 그제서야 그 남자는 시큰둥하게 말했다.

"어제, 그거 섞지 않은 거유. 집에 가서 반죽하실 때 섞으셨을 거 아뉴~"

어처구니가 없었다. 할 말을 잃었다. 나는 종종 방앗간을 찾는다. 쌀가루를 빻아 소꿉장난하듯이 떡을 조물거리곤 하는데 이런 방앗간은 처음이다. 몇 달 전에 이사 와서 가까운 떡방앗간을 찾았더니 아주 심하게 타관을 탄 거다. 혀를 끌끌 차며 어이없는 마음을 달래며 다시 만든 몇 조각의 화전을 앞집, 아랫집에 돌렸다. 집으로 초대하여 차 한 잔과 함께 나누면 더 좋았을 테지만 '코로나19'로 인하여 세월이 하도 험하여 어색하나마 그렇게 봄을 나누었다.

그 풍ㅇㅇ 방앗간에선 적당한 양의 소금을 넣어 빻아 주지만 고루 섞어주지 않으니 말짱 헛일이다. 고루 섞이지 않은 쌀가루는 정확히 저울에 단 소금의 양이 아무리 알맞을지라도 한쪽에 뭉쳐 있으니 저울의 촘촘한 눈금은 아무런 효력을 내지 못했다. 밀가루나 쌀가루를 반죽할 때는 가루를 잘 섞어야 한다. 소금이 어느 한쪽에 치우쳐 있으면 맹탕인 것이 있는가 하면 너무 짠 것이 있어서 훌륭한 음식이 되기 어렵다.

'부뚜막의 소금도 집어넣어야 짜다'는 말이 있다. 조리하는 곳에서 아무리 가까운 곳에 소금이 있다 한들, 소금이야말로 음식의 맛을 좌우하는 최고의 양념이라고 한들, 부뚜막 구석 항아리에, 거기에 그대로 담겨 있으면 아무런 소용이 없다. 한 걸음 더 나아가 소금을 집어넣었다 해도 저울로 정확하게 계량하여 짜지도 싱겁지도 않게 가장 적당한 양을 첨가했다 해도 고루 섞지 않으면 소금을 넣지 않은 것만도 못하다. 귀찮은 일일수록 누군가 반드시 해야 하는 일이라면 그 일을 내가 먼저 해야 한다. 어차피 해야 하는 일이라면 '그가 하겠지' 짐작하고는 미루는 일은 결코 바람직하지 않다. 누군가를 지나치게 곤란하게 하는 결과를 만드는, 아예 심술을 부린 거나 다름없는 결과가 된다. 사소한 일을 간과해서 큰 고통으로 확대되는 일은 부지기수이다.

10

일기예보

긴 장마로 집안이 온통 물에서 건져낸 듯하다. 장롱에까지 습기가 스며들어 옷가지가 축축하다. 반짝 해가 드는 아침 문을 활짝 열어 제치고 햇살을 불러들이고 전기로 바람을 일으켜 습기를 몰아내기로 한다. 그리고 어젯밤 빨아 널어놓은 이불 한 자락을 슬며시 만져 본다.

어젯밤 일기예보가 적중한 것이다. 오전에는 맑고 차차 흐려지겠다는 기상캐스터의 반가운 예보를 기억해 두었다. 오전 내내 귀한 햇볕이 내 뜰에 내려와 후후 불며 습기를 날려 보내는 중이다.

어머니는 그러셨다.

“긴 장마에도 나무 말릴 볕은 주신단다.”

어머니는 바깥마당에 널어놓은 보릿짚을 갈퀴로 고루 뒤적이며 다행스러워 하셨다. 축축한 긴 장마에도 잠시 잠깐 볕을 주시니 감사하다는 순천자 내 어머니이다. 장마 중에 잠깐 비친 볕에 이불을 거풍하고는 자연을 경외하고 자연과 더불어 살며 자연에 겸손한 어머니를 떠올렸다.

일기예보가 신통하다. 어머니처럼 땔감을 헤집어 널지 않아도 되는 문명의 시대에 살지만 천문학의 발전, 일기예보의 적중은 여러모로 우릴 편리하게 한다. 일기예보를 믿지 못했다면 감히 이불빨래를 생각지도 못했을 것이지만 장마 중의 반짝 햇볕에 이불을 말리고 나니 큰 행운을 차지한 것처럼 마냥 곰지다.

내일을 알 수 없는 우리네 삶 속에서 날씨를 정확하게 알고 산다는 것은 얼마나 큰 횡재인가? 일기예보처럼 정확하게 예견하는 족집게도사가 있었으면 좋겠다. 거액의 복채를 주고 미래를 점치는 일이 미덥지 않아 큰 모험인 것 같고 우리들의 신 하늘님 뜻에 어긋나는 짓이므로 삼갔는데 일기예보와 점쟁이가 닮았다는 생각에 불쑥 떠오른다.

‘순간의 선택이 십 년을 좌우한다’는 광고문구가 있었다. 한 순간의 선택으로 장만한 가전제품은 십 년 이상 사용해야 하니 신중하게 해야 하고 믿고 자사의 제품을 구매하라는 의도였다.

한참 더 생산 활동을 해야 할 것 같은데 무엇을 해야 할까 하고 고민하게 된다. 땀 흘려 노동하고도 제대로 댓가를 창출해 내지 못한다면 억울할 것이다.

강원도 치악산 아래 사는 시누이 집 안방에 걸린 액자 속의 문구가 생각난다. 배달하 신부님의 '노동의 즐거움'이란 글을 붓으로 정서한 작품인데 문득 흐릿한 묵향이 느껴진다.

세상이 있게 된 것은 신의 요술이 아니었습니다
신의 즐거운 노동으로 인함 이었습니다
신의 아들도 기쁘게 집짓고 연장을 만드는 노동으로 살았습니다
열심히 노동을 했기에 신은 큰 부자가 되었고 모든 것을 소유하게 되었습니다

액자 속 말씀대로라면 땀흘려 열심히 일하면 부자가 되고 모든 것을 소유하게된다고 하는데 시대의 변천에 따라 노동이란 것도 헛된 것이 있다. 헛일이 되는 경우가 있다. 적절한 때에 적절한 장소에서 등의 많은 적절한 것들이 동원되어야 한다.

처음 시작하는 일을 앞두고 사람들은 혼신의 힘을 다하겠다고 다짐을 하곤 한다. 이에 관리자의 입장에선 열심히 하는 게 중요하지 않고 잘 하는 게 중요하다며 결과로 평가하는 현실이 엄중하다. 뼈가 녹아내리도록 심혈을 기울였어도 결과가 그 모

든 것을 배반하면 그야말로 헛일인 것이다. 엊저녁 그 당당한 기상캐스터의 시원한 예보처럼 족집게점쟁이를 만나면 좋겠다싶다가 한바탕 웃어넘긴 어느 수녀님의 말씀이 떠올라 씁쓸한 미소를 짓는다.

수녀님은 강의시간에 쫓겨 택시를 타셨는데 심심하던 택시기사가 장난기 섞인 질문으로 대화를 걸어왔단다.

"수녀님, 죽어서 천당가믄 증말루 쌈두 안허구 질투두 안헌대유? 마냥 평화로워유?"

수녀님의 대답은 뻔했을 거다. 거기에 택시기사의 답이 걸작이었다.

"아이구, 그러믄 무슨 재미루 산대유? 난 심심헤서 천당 안 갈튜."

다 같이 깔깔거리고 웃었는데 도통한 것 같은 기사님의 말씀은 시사하는 바가 크다.

11

소나기 풍경

소나기가 쏟아졌다.

불볕 같던 열기가 한순간에 쫓겨 달아났다. 앞 베란다를 달군 열기가 잦아들고 한줄기 시원한 바람이 불어왔다. 그 시원한 바람에 이끌려 나는 앞 베란다에 다가섰다. 이렇게 무더운 여름 한낮의 소나기는 참으로 고맙다. 코앞에까지 후끈한 여름 한낮의 열기를 삭혀내는 것은 오직 한줄기 소나기뿐이다.

여름방학이라 아파트 속 어린이 놀이터에서 아이들의 목소리가 들려왔다. 방학이 아닌 보통 때는 좀처럼 듣기 어려운 그들의 목소리다. 놀이터도 때를 만난 것이다. 그네, 시소, 뺑뺑이, 정글짐, 놀이기구가 저희들끼리 부딪치며 삐그덕거리며 어쩌다 부는 바람과 심심함을 달래더니 모처럼 활기를 찾았다. 방학이라 찾아온 아이들과 신나게 노느라고 햇볕이 뜨거운 줄도 몰랐다. 재잘대는 아이들의 목소리가 아파트에 활기를 불어 넣었다. 이맘땐 늘 고요하더니 저애들의 목소리로 사람이 살고 있다는 생동감이 느껴졌다.

소나기가 샘을 부렸다. 순식간에 검은 구름이 몰려오는가싶더니 굵은 빗줄기가 쏟아졌다. 갑자기 쏟아지는 소나기에 아이들은 비명을 지르며 집으로 뛰어 들어갔다. 계집애들의 소프라노가 더 멀리, 더 긴박하게 들렸고, 머슴애들의 목소리는 허둥거리는 발자국 소리에 묻혔다. 아이들의 발자국소리가 집안으로 총총히 숨은 뒤에도 소나기는 한참동안 더 쏟아졌다.

황순원은 소나기로 소년과 소녀를 만나게 했다.

개울물에서 물장난 치고 있는 소녀의 앞으로 소년은 지나갈 수가 없어서 저만치서 빙빙 돌았다. 그렇게 수줍은 소년이었는데 소나기는 그들을 자연스레 가까워지게 했다. 넓은 들판에서 소나기를 만났으니 원두막은 참 좋은 피신처였다. 소나기가 그치자 그 애들을 집으로 돌아가야 할 생각으로 마음이 급했다. 불어난 개울물을 건너기 위해 소년은 소녀를 업어 건네주는 친절한 용기를 감행했고 다시 쏟아지는 소나기에 밭 가운데 세워둔 수숫대 그늘로 피해야했다. 그 애들의 뜀박질에 절벅거리는 발자국소리가 들리는 듯하다.

갑작스런 소나기는 많은 사건을 만들어냈다. 내가 어릴 때, 소나기는 호루라기를 부는 선생님이셨다. 운동회 하는 날의 선생님이셨다. 운동회의 여러 가지 프로그램이 있었지만 가장 큰 관심은 개인 달리기에 있었다. 달리기를 하려고 출발선에 서 있을 때에 선생님의 호루라기 소리가 들려오면 온 힘을 다해 힘껏 달려야 했다. 결승 지점의 하얀 끈이 있는 곳까지 마구 달려야 했다.

꼭 그랬다.

운동회 날 선생님이 신호총을 쏘기라도 한 것처럼 소나기가 후드득 떨어지면 사람들은 마구 달렸다. 아버지는 개울 건너 풀밭에 매어놓은 암소, 누렁이에게 달려 가야했다. 엄마는 재빠르게 뒤란으로 뛰어가 열어놓았던 장독 뚜껑을 덮어야했고, 빨랫줄의 빨래를 걷어 오셨다. 나는 마당의 멍석에 널어놓은 첫물 고추를 걷으러 뛰어야했다. 오빠는 바깥마당가 묘지 옆 잔디밭에 매어 둔 염소에게 달려 가야했다. 목적지는 다르지만 사람들은 소나기가 쏟아지면 운동회 마당에서 선생님의 신호총 소리를 들은 것처럼, 마구 달려야 했다. 자연 속에 살았던 어린 날의 동화 같은 추억이 잠시 내 입가에 미소를 번지게 했다. 이제 나는 소나 염소를 키우지도 않고, 장독대도 없고, 빨래도 앞 베란다의 천정에 매달려 있으니 소나기가 내려도 서둘러 달릴 필요가 없게 되었다.

앞 베란다에 서서 빨래줄에 매달린, 그렇지만 소나기에 끄떡없는, 아침에 널어놓은 옷걸이의 빨래를 공연히 쳐다보았다.

소나기가 극성스럽게 오시는데 할머니가 105동을 향하여 유유히 가고 계셨다. 곁에서 보고 있던 내 딸은 어떻게 하면 좋으냐고 발을 동동 굴렀다.

"어쩌긴 뭘 어째? 집에 가서 샤워하면 되지, 저 할머니 시원하시겠다."

엄마의 시큰둥한 말에 내 딸은 내 얼굴을 빤히 올려다보았다. 한여름이니 시원한 건 사실이지만 그 할머니의 힘겨운 거동이 나도 딸도 안타깝기는 마찬가지였다.

앞 동에 사시는 할머니는 중풍에 걸리신 모양이었다. 내가 퇴근 할 무렵에 그 할머니도 노인정에서 퇴근하시는지 가끔 마주치곤 했었다. 할머니는 다리가 네 개인 지팡이에 몸을 의지하시고 한 걸음 한 걸음 안타깝게 움직이셨다.

'오늘도 할머니는 노인정에 가셨을 거다. 구름이 시커멓게 몰려오고 곧 소나기가 쏟아질 것 같아 소나기가 쏟아지기 전에 서둘러 집에 가야겠다고 노인정에서 나오셨을 거다. 네 개의 다리가 달린 육중한 지팡이에 의지하고 걸어가자니 더디기만 했을 거다. 노인정에서 105동은 오늘따라 멀기만 하다. 105동이 저기 보이는데, 105동이 지척인데, 걸음은 더디

기만 했고 먹구름은 몰려오고, 결국 소나기를 피할 수가 없었을 거다.'

소나기는 쏟아지는데, 무거운 보행보조기도 할머니의 몸도 마음처럼 움직여주지 않는다. 마음만 급하고 도무지 제자리걸음이다. 샤워기 꼭지를 세게 틀어 놓은 것처럼 소나기 줄기가 할머니의 온몸에 뿌려지고 있었다.

그 때 105동 건물 속에서 젊은 댁이 큰 우산을 들고 잰 걸음으로 나와 그 할머니께로 갔다. 우산은 할머니와 젊은 부인의 든든한 지붕이 되었다.

지팡이의 네 다리가 한 걸음 가고, 할머니가 한 걸음 따라가고, 젊은이와 우산이 또 한 걸음 따라가고, 할머니와 젊은이와 지팡이, 소나기와 우산이 연출하는 사랑의 퍼포먼스였다.

소나기 속 아름다운 풍경이 내 입가에 또 미소를 머금게 했다. 조금 전에 시원하시겠다고, 샤워하면 된다고, 가볍게 말한 뒤통수가 슬그머니 부끄러웠다. 104동 10층에서 마냥 바라보고만 있었던 것은 저렇게라도 걸으실 수 있는 저 어머니가 부러워서, 너무 다행스러워서 나도 모르게 튕겨 나온 시샘이었나보다. 내 어머님은 병이 나신 뒤에는 한 번도 신발을 신어보시지도 못했다.

12

고향 본당에서

어릴 적에는 이런 저런 불편한 마음이 많았습니다. 작고 초라한 시골 마을이 때로는 너무 시시하게 느껴져서 몸은 고향에 있었지만 마음은 늘 대처로 나가 있었습니다. 그렇지만 고향을 떠나온 지 수십 년이 지난 지금은 언뜻 부는 바람결에 들려오는 고향 소식에도 귀가 쫑긋해지고 티비에 고향 근처라도 방영이 되는 날에는 마음이 더 먼저 고향으로 달려갑니다. 고향 산천이 나를 기억할 리 없습니다. 그곳에 나를 기억하는 임들이 있기에 더 그립고 따뜻해서 발걸음을 재촉합니다.

동생이 또 큰 마당에 멍석을 깔았습니다. 마냥 어리기만 한 줄 알았던 동생도 나이를 먹어 더러 추억을 곱씹고 싶을 때가 있는 모양입니다. 툭하면 누나들을 불러 어릴 적 이야기로 수다 떨게 하고 자신도 슬쩍 거든답니다. 동생의댁이 여름 특식을 손질하여 가마솥에 올려놓은 사이, 텃밭 한 바퀴를 돌아 나오니 상추, 깻잎, 부추, 호박, 가지가 바구니에 넘칩니다. 도시 살림꾼 누나들은 엄마, 아버지와 함께했던 추억 바구니에 텃밭 열매들까지 채웠으니 기쁨이 두 배입니다. 이제야 철이 들었는지 철부지 시절에는 하찮게만 느껴졌던 채소들이 귀하게 보이고, 예쁘게 보이기까지 하고, 그 무엇보다 맛이 있습니다.

고향집에 오르는 나지막한 황토 언덕도 세월의 나이를 먹어 키가 작아졌습니다. 불도저로 밀고 게다가 시멘트 포장까지 하여 깔끔해졌습니다. 맨발이거나 고무신발로 걸어 올라가는 이가 없고 자동차로 쌩쌩 달리니 고향 길도 그 모습이 바뀌었습니다.

고향의 품에 가끔 편안하게 안길 수 있는 건 행복입니다. 특별히 여름에만 즐기는 연한 고기와 고향의 정기 가득 찬 싱싱한 채소를 먹는 것보다 더 맛있는 것이, 공감하는 사람들끼리 오래된 추억을 되새김질하는 것입니다. 추억의 보따리를 풀어 헤쳐놓고 다시 음미하는 따뜻한 시간은 내일을 살아갈 양식이며 빛바랜 추억을 다시 채색하는 퍼포먼스입니다.

고향집 언덕 아래에 작은 공소가 있었습니다. 지금은 상전벽해가 되었지만 눈을 감지 않아도 선명하게 떠오르는 풍경입니다. 공소로 들어가는 입구는 높지 않은 아치로 되어 있었는데 공소 마당에서 사방치기나 가이상을 하고 놀다가 짐짓 비라도 몇 방울 던지면 아치 건물 입구로 냅다 달려 들어가기도 했습니다.

그때는 작은 언니와 손잡고 몇 번 공소에 같이 갔었습니다. 서울에서 간호학교에 다니던 언니는 방학이 되면 고향에 내려와 혼자 가기엔 좀 낯선 공소에 미사를 드리러 가는데 고향 마을에서 늘 뒹굴던 동생을 데리고 가므로 다른 이들이 '아, 쟤네 언니구나' 하고 이해하기를 바랐던 건 아니었을까 싶습니다. 언니가 간호장교가 되어 어깨에 잔뜩 힘이 들어갔을 땐 휴가를 받아도 아주 여러 가지로 바빴던지 고향에 올 새가 없었던 모양입니다. 계급 장 달고 고향에 나타난 적도 없었고 함께 공소로 손잡고 간 적도 없었습니다.

공소가 있던 언덕을 그리며 자동차로 4분쯤 달려 성당에 갑니다. 고향의 본당에서 미사를 드릴 때는 기도할 것이 더 많습니다. 감사할 것이 더 많습니다. 그래서 더 큰 목소리로 사도신경을, 주님의기도를, 찬미기도를 드리며 소리 높여 찬미의 성가를 부르게 됩니다.

'주님, 우리의 귀한 먹을거리를 주님의 도우심으로 생산하는 농민들에게 특별한 은총을 허락하시어 고향에 사는 기쁨을 알게 하시고, 주님을 찬미하며 늘 행복하게 하소서!'

특히 더 말끔하고 더 크고 더 단 것을 욕심내지 말고 본연의 흙에서 자연스럽게 곡식과 채소와 과일을 가꾸어 사람과 자연이 함께 건강해지는 먹을거리를 생산하는 일에 힘써 함께 하기를 기도합니다.

교황 프란치스코의 회칙 『찬미 받으소서(Laudato Si')』는 2015년 5월 24일 인준되고 바로 반포 되었습니다. 회칙 『찬미 받으소서』는 생태 위기 극복을 위한 긴급하고 급진적인 행동에 가톨릭교회 신자 모두가 참여하도록 초대하십니다. 우리의 지구는 인류 공동의 집이므로 공동의 집을 돌보는 데에는 가톨릭교회 신자분만 아니라 인종과 종교를 초월하여 전 세계 사람들에게 생태위기를 교육하고 행동하게 하는 지침서로 활용되고 있습니다. 생태교육을 실시하고 생태위기를 극복하기 위한 다양한 활동을 실천해 가고 있지만 이러한 우리의 노력이 있었음에도 지구 온난화로 인한 지구 평균 기온은 높아졌으며 수많은 동식물이 멸종되고 가난한 이들의 고통은 더욱 심각해지고 있습니다. 전 세계인들이 무분별하게 사용하고 버리는 생활방식을 지금 확실하게 변화시키지 않는다면 이번 세기말에는 더 많은 자연재해와 환경재앙이 인간에게 되돌아올 수 있기 때문입니다.

– '한국천주교중앙협의회'에서 일부 발췌하고 대전가톨릭우리농촌살리기운동본부 강승수요셉신부님의 말씀을 인용하였습니다.

제2부

참 좋은 날

1

우중산행

오늘 하루쯤은 집에서 게으름을 부려도 좋을 날이다. 아침 방송 일기예보에서 비가 오신다고 했으니 말이다. 그러나 난 이런 날 산에 오르는 것이 더 좋다. 우산 하나 챙겨 들고 엘리베이터 단추를 누른다. 10층에선 들리지 않아 몰랐더니 이미 비가 내리고 있었다. 밝은 색 우산을 펼쳐들고 걷기 시작하니 빗방울이 우산과 함께 음악을 연주한다. 그 빗방울 소나타에 맞춰 걷는 발걸음 또한 가벼워서 운동회 날 행진이거나 군인 아저씨들의 공연을 흉내 내어 본다. 큰 길 하나를 건너 우체국을 왼편에 두고 오르막길을 오르면 바로 솔향기가 바람에 날린다. 솔향기도 비에 젖어 더욱 진하다. 비에 젖은 소나무등걸이 짙푸른 솔잎과 잘 어울려 나는 숲속에서 중후한 노신사를 만난 듯 다소곳해 졌다. 격조 있는 공연장이거나 전시회에 간 것 같다. 곁에 수없이 펼쳐진 도토리나무, 상수리나무, 넓은 잎이 내 우산처럼 펼쳐져 있다. 빗방울 음악이 더 커졌다. 조용하고 느리던 음악은 크고 빨라졌으니 더 강한 느낌, 여기가 클라이막스 인지도 모르겠다. 산길에 작은 도랑이 생겼다. 내 팔뚝만한 물길은 삐뚤빼뚤 흐르며 우리가 쉽게 알 수 없는, 한국화가의 난해한 일필휘지처럼, 나무뿌리처럼 하고는 낮은 데로, 낮은 데로 흐르며 새로운 산 풍경을 만들었다. 맑은 날에는 교통지도원이 있어야할 것처럼 많은 사람이 산에 있었는데 오늘은 좀 한산하다. 그래도 꽤 많은 사람이 비 오는 산을 좋아하는 모양이다. 잠시 비를 피해 팔각정에서 담소하는 이들도 있고 나처럼 우산을 든 사람이 몇 있는가하면 아예, 비를 맞으며 뛰거나 걷는 사람이 있어서 나도 우산을 접고 저들처럼 비에 젖어볼까 하는 충동이 일었다. 비를 맞는 건 그만두고라도 발을 벗어보는 건 할 수 있을 것 같았다.

맨발이다.

등산화 밖으로 나온 내 발이 생뚱맞다. 오랜 세월 신발을 신고 다닌 타성으로 발은 낯선 흙에 수줍어하는 듯 하얗게 질려있었다. 나의 맨살과 흙이 마주친 건, 이 얼마만의 일인가! 맨발로 마당에서 뛰어놀던 어린 시절이 있었다. 개구쟁이 친구들과 빗물 불어난 도랑에서 어레미에 송사리를 몰기도 했었고 하굣길에 황토 신작로에서 신발을 아끼려고 맨발로 걸어보기도 했었고 언덕 아래 공소마당에서 고무줄놀이를 할 때도 더 잘하려고 맨발로 뛰었다. 나무 그늘에 앉아 공깃돌을 까불러댈 때도 맨발이었다. 그로부터 너무 멀리 신발을 신고 걸어왔고, 구두를 신고 발가락 위에 굳은살 훈장을 달았다. 맨발은 비에 젖은 산길을 낯가림하느라 속도를 내지 못하고 살금살금 내디뎠다. 빗물에 씻겨 잔돌과 굵은 모래가 앙상한 길에선 지압이 될 것 같았고 늙으신 어머니의 손바닥을 떠올렸다. 그새 빗물에 고운 모래가 쌓인 곳도 있었는데 내 발의 감촉은 틀림없이 우리 딸내미 두 볼이라 했다. 곳곳마다 다른 산길의 감촉을 맨발로 느끼며 걷는 재미는 상상 밖이었다. 좀 넉넉히 갖다가 주무르면 찰흙 공작도 될 것 같은 차진 흙도 있어서 한참동안 그 미끄러움에 몸을 맡기면 멋진 춤을 출 수 있을 것 같았다. 얼굴 가득 미소 짓게 하는 어린 날을 기억하게 했고 자연 속에 밀착되어 자연의 품에 꼭 안긴 것 같은 따사로움을 느끼게 했으며 산길 또한 우리들 삶의 길 같아서 걷기 쉬운 부드러운 길이 있는가하면 발길 조심해야 할 험한 길도 있었다.

내리막길에선 아무래도 무리여서 다시 등산화를 신을 수밖에 없었다. 양말을 신고 다시 등산화 속에 갇힌 발로 쏜살같이 산길을 내려온다. 금세 더디기만 했던 맨발 길보다 편하다는 생각이 들었다. 맨발로는 어림도 없는 길, 돌부리가 튀어나오고 나무뿌리가 앙상하게 드러난 거친 길을 빠르게 내려올 수 있었다. 산 아래에 다다르니, 젊었을 적 농부였던 어떤 어르신이 알뜰하게 가꾼 밭자락에 호박넝쿨이 뻗어 많은 초록 우산을 펼쳐놓았다. 빼꼼히 문 열고 시장 간 엄마를 기다리는 아이처럼 윤기 반질반질한 애호박 하나가 세수한 얼굴로 호박잎을 비집고 밖을 내다보고 있었다.

비오는 날은 더 일찍 저녁을 먹었었다. 아직 해가 지려면 멀었어도 잔뜩 낀 구름으로 어둑어둑했으니 어머니는 일찌감치 저녁쌀을 안치시고 텃밭을 뒤져 가지며 오이 호박을 따다가 저녁상을 차려 내시었다. 그때 그 애호박이다. 나도 후문 앞 식품점에 들러 반들반들 윤이 나는 호박 하나 사들고 간다.

2

직박구리의 노래

오후 7시라고는 해도 칠월 말의 해는 아직 쉬이 떠나지 못하고 서산 월봉산을 물들이고도 남아 우리 동네를, 우리집을 환하게 비추고 있었다. 아침 일찍 집을 떠나 서울로, 김포로, 강화로 돌아 집에 왔을 때 였다. 베란다 앞 벚나무 둥지를 들여다 보았더니 장에 간 엄마를 기다리며 집 보는 아이처럼 한 마리만 덩그러니 앉아 있었다. 그 놈은 금세 나뭇가지로 포로롱 날아와 앉았고 어디서 날아왔는지 어미 새 인 듯한 몸집이 좀 더 큰 새 한 마리도 날아와 두 마리가 같이 주거니 받거니 한참 동안 찌지골 찌지골 지저귀었다. 얼추 한 달 간 우리 집 앞에서 동고 동락했던 어미 새와 아기 새가 함께 부르는 코러스로 들렸다.

“아줌마, 고마웠어요. 참 고마웠어요. 우리를 귀찮게 하지 않고 가만가만 바라 봐 주셔서 감사해요. 덕분에 아기 새 세 마리가 무사히 부화해서 무럭무럭 자랐어요. 날갯짓 연습도 해서 이제 넓은 세상으로 날아가요. 아참, 그때는 놀랐어요. 아줌마가 저희 둥지 가까이 셀카봉을 들이밀어서 얼마나 놀랐는지 몰라요. 우릴 해치실 분이 아닌 줄 알기에 의아하면서 개구쟁이 머스매 유준이가 놀러 왔나 생각하기도 했지요. 나중에 플래시가 번쩍 하기에 우릴 사진 찍는 줄 알았다니까요. 우아한 표정으로 카메라를 바라볼 걸, 아무 것도 모르는 우리 아가들이 배고프다고 입을 쫙쫙 벌려서 좀 폼이 안 나긴 했지요? 평소처럼 자연스러운 것이 가장 아름다운 거라고 어디선가 들은 것 같아요. 아무튼 아줌니 정말 고마웠어요. 안녕히 계세요. 또 놀러 올게요.”

돌림 노래로 들렸다. 아니 랩 송으로 들렸다. 엄마 새와 아기 새는 나뭇가지 위에서 흔들흔들 바람결에 춤을 추듯 그렇게 한참을 지저귀며 이쪽 가지에서 저쪽 가지로 한 발짝씩 옮겨 앉으면서 스텝을 밟 듯이, 무대에서 솜씨를 보이 듯이, 그렇게 고별 공연을 하고선 홀연히 날아갔다.

‘다른 애들은 기다리는 척 하다가 먼저 날아갔어요. 성미도 급하지요? 난 어떻게 그냥 가느냐고, 인사도 하지 않고 갈 수는 없다고, 둥지에서 하루종일 아줌마를 기다렸어요. 아줌마 아침 일찍 어디 가셨다가 이제 오셨어요? 하지만 다행이에요. 지금이라도 오셔서 제가 인사하고 떠날 수 있어서 정말 제 마음이 편해요. 찌지골찌지골 ~ 찌지골찌지골 ~'

직박구리네가 떠나갔지만 나는 그네들이 하는 말을 잘 알아들을 수 있었다. 틀림없었다. 그네들은 그렇게 오래오래 벚나무 가지에 앉아 길고 긴 가사의 노래를 불러 주었다.

봄 벚꽃은 한꺼번에 와르르 피었다가는 짐짓 부는 봄바람에 흰나비 되어 한바탕 군무를 추어대고는 하르르 져 버렸다. 꽃 진 자리에 연초록으로 올라온 이파리가 앙상한 나뭇가지를 감싸 안을 때 였다. 앞 베란다 바로 앞에 새들이 부리나케 드나들었다. 다가가 살펴 보니 세 갈래로 뻗은 벚나무 가지에 둥지를 틀고 있었다. 어미 새는 이미 만삭이었던지 둥지를 틀기 시작하는가 싶었는데 금세 튼튼하게 완성하고는 알록달록한 알 세 개를 낳았다. 알 세 개를 잠깐 보여 준 후로 어미 새는 잠시도 쉬지 않고 밤이나 낮이나 둥지에서 알을 품고 있었다. 어느 날엔가 바람이 몹시 불어 나뭇가지가 휘영청 휘영청 꺾어질 듯 곤두박질 치며 흔들렸는데 어미 새는 꼼짝하지 않고 온몸으로 알을 품고는 여름 소나기 마냥 쏟아지다가 아예 폭우로 변한, 그 비를 다 맞으며 둥지에서 알을 품고 강풍에 흔들리는 나무 위에서 균형을 잡고 있었다. 우산을 씌워 주고 싶었고 둥지를 아예 베란다 안쪽으로 들여 놓고 싶었다. 새에게 도움이 되지 않는 짓일 터라 마음만 안타까웠다. 어미 새가 알을 품은 지 14일이 되던 날 마침내 아기 새가 태어났다. 알 세 개를 품더니 아기 새 세 마리가 아직 털도 나지 않은 빨간 몸으로 태어났다. 백 퍼센트 성공이다. '오뉴월 하루 볕이 다르다'더니 엄지손가락만 하던 빨간 살 덩어리들은 하루가 다르게 털이 나고 새의 꼴을 갖추어 가고 있었다. 어미 새가 물어다 주는 먹이를 세 마리가 다투어 입을 벌리고 받아먹더니 제 어미의 모습으로 제법 자라고 있었다. 그때는 그 애들의 이름을 알지 못했었다. 알을 세 개 낳았을 때, 새끼가 부화되었을 때 셀카봉을 들이 밀어 사진을 찍었을 때도 이름 모르는 새 였다. 아파트 앞 정원 나뭇가지에서 자주 보이는 목소리가 크고 몸집도 그리 작지 않은 회색빛 새, 정도로 알았었다. 떠나가는 날에 나뭇가지에서 오래 머물며 작별의 콘서트를 하는 날 사진을 여러 컷 찍을 수 있었는데 새 박사, 나무 박사, 식물 박사이신 형부가 그 애들이 직박구리 인 것을 알고 계셨다. 검색해 보니 직박구리인 것을 확인 할 수 있었고 그 애들의 목소리도 다시 들어 볼 수 있었다.

그 누가 '새 대가리'라고 새들을 낮추어 말 했던가, 둥지를 틀고 알을 낳아, 약육강식의 처절한 자연환경에서도 알을 품고, 부화 시키고, 먹이를 입에 물고 와 새끼들에게 고루 먹이고, 하늘을 나는 연습을 시켜서, 넓은 세상으로 훨훨 날아가게 이끄는, 일련의 과정은 함부로 말 할 수 없는 자연의 위대함과 마주하게 된다. 월봉산 산책로에서 만나는 많은 새들과 서로 잘 어울려 지내려니 생각하면 월봉산 산새 가족 모두가 직박구리 일가 같아서 더 정이 간다. 그들의 숲 속 콘서트를 들으며 산책하듯 운동하듯 걷는 발걸음이 가볍다. 숲 향기가 달다.

3

그리움 달래기

내가 어렸을 때 그 겨울처럼 지난 해 겨울과 올 겨울은 연달아 무척 추웠다. 그래서 그런지 지나간 어린 날의 그리운 것들이 더 많이 떠올랐다. 나이가 자꾸 보태지면서 희미해져야할 것들이 오히려 더 또렷해지는 건 신기한 일이다. 방금 전이거나 엇그제의 일은 가물가물하건만 멀리 있었던 것들은 오히려 선명하게 자주 떠올라 그 추억 속에 빠져있는 일이 잦아졌다. 가까이 있는 것보다 멀리 있는 것이 더 잘 보이는 원시현상이 시력에 국한된 것이 아니라 기억의 장치에도 나타나고 있다.

그렇게 추억이 꿈틀거리는 날엔 엄마를 만나러 가기로 한다. 지나치다고 느낄 정도로 알뜰했던 엄마의 생활철학이 마음에 들지 않아 입바른 소리를 하기도 했지만 자신도 모르는 사이에 엄마의 생활은 내 안에 뿌리를 내려 어느새 또 그 엄마가 되어 있다. 게다가 엄마의 생활의 지혜에 감탄하며, 그리워하며, 따라하기까지 한다. 짐작할 수도 없었던 문명의 발달로 한없이 편리해졌지만 가끔씩 그 시절로 돌아가 맛깔스런 느림을 즐기며 엄마를 만나기로 한다.

따끈한 아랫목이 없으니 전기의 힘을 빌려 청국장을 띄워보기도 한다. 쿰쿰한 냄새가 난다고 짜증을 부리던 철없음이 대물림하여 내 아이들에게 내려왔고 몸에 좋은 보약을 지은 것처럼 흐뭇한 심정은 내게 대물림 되었다. 혀가 꼬이는 이름의 서양 음식이거나 퓨전음식에 익숙한 아이들에게 복잡한 과정의 두부 만들기나 떡 만들기는 주부를 주방에 가두어 놓는 비효율적인 음식이라고 홀대를 받으면서도 어쩌다 그 시절이 그리운 날은 의식을 치르듯이 앞치마를 두른다. 노인정엔 어르신들이 모여 계시고, 놀이터엔 아이들이 재잘거리고, 엄마표 음식이 재현된 날엔 나와 추억을 함께한 형제와 그 짝꿍들이 모여 감탄사를 연발하고 콧노래를 부르듯이 흠흠 향기를 맡는다.

며칠 동안 독한 감기에 시달리고 일어난 날엔 찹쌀을 물에 담근다. 충분히 불렸을 때에 믹서에 돌리면 간편하지만 옥양목 앞치마 두르고 장독대로 잰걸음을 하시던 엄마를 떠올리며 넓적한 항아리 뚜껑을 찾아온다. 잘 불린 찹쌀을 항아리 뚜껑에 놓고 어느 여름, 바닷가에서 주워온 주먹만 한 조약돌로 지그시 누르고 원을 그리며 돌려주면 날카로운 소리로 순식간에 끝내는 전기믹서와는 사뭇 다른 우아함으로 음전한 엄마의 수동식 믹서가 가동된다. 이때 불린 찹쌀의 모양은 분말도 과립도 아닌 자유로움과 자연스러움이다. 여기에 볶은 흑임자를 빻아 넣고 은근한 불에 죽을 끓이는데 죽을 끓이는 이도, 죽을 먹는 이도 귀족이 된 것 같은 고급스러움에 흡족해진다. 이렇게 그리운 엄마와 함께 있어 본다.

설을 앞둔 엄마의 섣달은 더 분주했다. 매서운 추위가 설 준비를 훼방 놓아도 엄마의 잰 걸음은 멈추지 않았다. 엄숙한 세밑 퍼포먼스인 양, 술을 담그고 엿을 고아 산자, 정과, 약과를 만들었고, 가을부터 덮었던 이불의 홑이불을 뜯어 양잿물에 삶아 방망이질로 빨고, 풀을 먹여 밟고, 다듬이질로 풀기를 살리고 구김을 없애는 간단치 않은 과정을 거쳐 경쾌한 소리가 나는 상쾌한 이불로 새해를 준비하셨다.

낮이나 밤이나 내 침대 위에 펼쳐져 있는 이불의 커버를 벗겼다. 엄마의 그것은 온전히 홑이불이었지만 이건 '커버'라고 하는 게 적절할 것 같다. 자루처럼 되어있는 것에 지퍼를 달아놓아 한껏 편리성을 으스대는 것이니 '이불싸개'라고 할 수도 있겠다. 딸의 첫 월급으로 배달된, 동네 세탁소에서 봄직한 거창한 세탁기에 넣어 몇 개의 단추를 누르면 끝이겠지만 이번에는 엄마처럼 풀을 먹여 빳빳한 교만(?)을 만들어 보기로 했다. 그리고 여학교 교복의 흰 칼라를 떠올렸다. 여학교에 다니는 친구가 많지 않았던 때의 교복이란 단순한 의상 이상의 상징이었다. 다른 친구들이 눈치 채지 못하게 속으로만 뻐기던 숨은 계급장이었다. 그 은밀한 계급장을 내 이불에 달아보고 싶었다. 찹쌀풀을 멀겋게 쑤어 이불 커버를 넣고 풀기가 먹어 들어가게 조물조물 주무르고 비틀어 짜서 웬만큼 말린 다음, 찬찬히 네 귀퉁이를 맞추어 다듬이돌 만하게 접어서 큰 수건에 싸 지근지근 밟아 보았다. 엄마의 하얀 버선코가 어른거렸다. 엄마는 짐짓 다 자란 막내를 업으시고 날씬한 당신의 몸무게에 막내의 몸무게를 보태시곤 하셨는데 막내는 뜻밖의 호사에 마냥 신이 났었고 누나들의 시샘도 덩달아 즐거운 겨울밤이었다. 그 다음에 끄들끄들 말랐을 때, 다시 주름이 가지 않게 곱게 접어서 다듬이질을 해야 하지만 더 이상 엄마를 흉내 낼 수가 없었다. 거기까지 밖에 더 이상은 엄마를 따라갈 수가 없었다. 큰언니와 마주 앉아 장단을 맞추던 다듬이 방망이질은 겨울밤 더없이 아름다운 국악연주였다. 엄마와 큰언니는 하늘나라에서 어쩌다 그 연주를 재연하기라도 하는지 그 장단이 먼데서 아득히 들려온다. 어설픈 푸새지만 효과는 성공적이었다. 그리운 엄마와 매서운 겨울을 함께한 것 같이 엄마의 치맛자락에 서늘하게 얼었던 겨울바람 냄새가 내 이불에서 상큼하게 솔솔 풍겨 나왔다. 시루떡 솥에 김을 올리고 구들을 지나면서 방을 데우고 천천히 피어오르던 굴뚝의 연기처럼 서두르지 않고, 호들갑떨지 않는 여유로운 평안이 나를 안아 잠재워주었다. 눈 쌓인 설날 아침, 논뚝 길을 지나고 산길을 지나 큰댁으로 차례 지내러 갈 때, 아버지의 정갈한 두루마기의 상큼한 펄럭거림이 들리고 고향내가 났다. 엄마 품에 안긴 추억의 잠자리다.

4

빈 병

뒤편 베란다는 곧 이사 갈 집이거나 금방 이사 온 집처럼 늘 너저분하다. 살림을 잘하는 이는 보이지 않는 곳이 더 정갈하게 정리되어 있는 법인데 나는 '살림 잘하는 이'의 범주에서 벗어났어도 한참 벗어난 게 분명하다. 하찮아 보이는 것들을 오지랖 넓게 끌어안고 산다. 그 오지랖 속엔 이런 저런 모양의 빈 명도 한몫을 한다. 아이들이 이런 나의 살림행태를 꿰뚫어 말하길 우리 집은 고물상 같다고 했다가 좀 미안한 생각이 들었는지 우리 집은 박물관 같다고 고쳐 말한다. 전자와 확연히 다른 분위기가 느껴져서 웃어넘기기로 했다.

나의 이런 살림 습관은 아주 먼 과거로 거슬러 올라가 그 단초를 찾을 수 있다. 반세기 전 어머니들이 다 그렇듯이 내 어머니는 무척 알뜰하셨다. 어머니의 그런 알뜰한 살림살이를 보며 내 딸이 지금 나에게 말하듯이 나도 소견 없는 말을 뱉곤 했는데, 그럴 때마다 어머니께서 자주 하시는 말씀이 있었다.

"썩은 동아줄도 잘 두면 요긴하게 쓸 데가 있다."였다.

모든 물자가 넉넉하지 못하여 어머니의 그 철학이 큰 미덕이었던 시절이 있었다. 가정교육이란 가르치는 것이 아니라 보여주는 것이라 했던가? 그런 어머니의 살림살이를 흉내 내는 우리들의 살림살이도 따로 있었으니 그게 바로 소꿉놀이였다. 온갖 현란한 색깔로 꾸며진 플라스틱 소꿉놀이용 그릇이 세트로 나와 있고 그 종류를 헤아리기 어려울 정도로 많은 인형이나 자동차 등 장난감이 많은 요즘의 아이들과 달리 그 옛날의 아이들은 놀잇감이 궁했다. 깨진 사금파리 조각의 여러 가지 모양에 따라 솥단지도 되고, 접시도 되고, 밥사발, 국그릇이 되었었다. 그 중에도 젊은 어머니의 맏딸인 내 친구는 쓰고 난 빈 화장품 병을 가지고 나와서 그 애의 부엌을 훤하게 했다. 그 부러움이 오래도록 내 안에 머물고 있는 것 같다.

흘러간 세월도 결코 짧지 않지만 살림살이 상황도 엄청나게 달라졌다. 그 때는 먹을 것이 귀했으니 무언가를 먹고 난 빈 병도 귀했다. 그때는 감히 상상할 수도 없는 풍요로운 오늘날의 상황이다. 지금은 식기류는 말할 것도 없고 모든 물자가 풍족하다.

풍족하다 못해 지나치게 넘치는 것 같아 이렇게 살아도 되는 걸까? 염려스럽고 공범자가 된 것 같아 마음 편치 않은 때도 있다. 아파트 한 쪽 구석에 수북이 쌓여있는 재활용쓰레기들을 살펴보면 충분히 사용할 수 있는 물건들이 수두룩하다. 마음만 비우면 제법 쓸 만 한 것들을 수확할 때도 있는데 내 아이들은 그러는 엄마가 마땅찮아서 재활용품 무더기 앞을 지나 지하주차장에 갈 때는 전에 없이 다정하게 내 손을 잡고 빠르게 지나치기를 강요한다. 게다가 십일 계명을 엄히 명한다고 했다. 제 십일 계명은 '남이 버린 재활용품을 절대로 쳐다보지 마라' 이다. 성서에 나오는 십계명에 한 가지를 보태어 십일 계명이란다. 온 가족이 허리가 부러져라 웃어 넘겼는데 나는 종종 그 십일 계명을 어긴다. 그렇게 해서 새롭게 내 살림이 된 것들이 적지 않다. 그러다보니 내 아이들이 박물관 운운하며 '십일 계명'을 명하는 사태가 벌어졌다.

나는 티끌 하나까지 감추지 않고 훤히 내보이는 유리병이 참 좋다. 특히 유별난 모양의 유리병에 애착을 느낀다. 소꿉장난 하던 시절 친구의 예쁜 화장품 병이 무척 부러웠었나 보다. 한 번 마시고 버리는 작은 음료수 병도 얼마나 예쁜 것이 많은지 음료수를 좋아하지 않지만 예쁜 병 때문에 사고 싶을 때가 있다. 해외 출장을 다녀 온 딸아이가 귀한 술이라며 더러 제 아빠에게 드리는 술병은 근사한 게 더 많다. 나는 술 보다 병이 더 흡족하다.

그래서 예쁜 병을 보게 되면 그 '십일 계명'을 어기게 된다.

무엇이든 가득 채워져 있던 것이 비워지고 또다시 무엇인가를 채울 수 있는 빈 병은 얼마나 소중한지 모른다. 마구 버려진 빈 병들이 얼마나 아까운지 모른다. 물론 누군가의 손길로 다시 정리되어 세상의 빛을 볼 것인데 내가 나서는 것, 이 또한 욕심일 지도 모르겠다.

말간 유리병에 농익은 들국화 꽃잎을 담아 놓으면 진한 향을 꼭 물고 있다가 뚜껑을 여는 순간 확 내뿜어서 향기가 되어 준다. 풋풋하기가 청매실보다 더 한 것은 무엇이 있을까? 유월 볕에 딴 청매실을 정갈하게 다듬어 진한 소주를 부어 놓고 잊은 듯이 지내다보면 그 병 속에서 소주와 매실은 우리가 알 수 없는 은밀한 소통으로 시나브로 변하는데, 그 빛깔이 아름다워 얼른 형용하기 어렵다. 먼 나라 서양에서 건너온 고가의 오래 묵은 술과 같아서 눈이 더 먼저 취한다. 어머니의 밥상에 늘 자리했던 장아찌를 담글 때도 유리병이 제격이다. 깻잎, 무, 가지, 오이로 담근 장아찌의 맛은 어머니가 그리울 때 내 맘을 달래주는 약이다. 그 중에서도 무서리에 쫓긴, 덜 익은 참외로 담근 참외장아찌는 어머니의 특허품이었지 싶다. 냉장고가 없던 시절의 어머니 솜씨를 그대로 따라했다가는 종일 물을 마셔야할 게 뻔하다. 이제 성능 좋은 냉장고가 떡 버티고 있으니 그에 맞는 새로운 제조법을 연구해야 했다. 좀 싱겁게 담가도 냉장고에서 보관하여 숙성시

키면 된다. 옛 시인은 산나물이 고기보다 맛있다고 노래했지만 나는 푹 곰삭은 깻잎장아찌, 참외장아찌가 고기보다 한 수 위다. 유리병을 차지한 게 또 하나 있다. 인체를 닮아서 인삼인지, 팔이며 다리, 몸통인 것 같은 인삼이 몇 년 째 큰 유리병에서 숨죽이고 기다리고 있다. 큰 딸이 대학교에 입학 하던 해에 진한 소주를 부어 둔 것이 10년이 다 되어 가는데 아직 임자를 못 만났다. '예쁘게 키워주신 딸을 도둑질 하겠다'고 그 녀석이 오는 날, 온 집안에 인삼 향기를 풍길 것이다.

말갛게 텅 빈 병들에 무엇을 가득 채워 누군가에게 선물하는 재미도 크다. 빈병은 많은데 채울 것이 늘 적다. 딸기잼을 만들 시기는 놓쳤고 포도잼을 진하게 졸여 봐야겠다.

5

매실나무 그늘에서

월봉산에 오르는 초입에 제대로 된 밭이 있다. 도심에 이런 자연스런 농토가 그대로 있다는 게 특별하다. 머지않아 시멘트의 습격을 받아 튼실한 건물이 들어설 것이 뻔하다. 밭둑에는 옥수수가 보초를 서고 대파는 숫자 1을 총총히 쓰고, 강낭콩 꼬투리마다 콩 형제들이 나란하다. 고추가 주렁주렁 매달려 철봉놀이에 힘줄 불끈하고 상추, 쑥갓도 초록으로 자라고 있다. 이 밭에 농작물은 한낮에는 땡볕에 영글어 가고 벌게진 얼굴을 아침으로 저녁으로 월봉산 산그늘로 식힐 것 같은 산 옆의 밭이다. 적절한 그늘은 식물에게나 사람에게나 휴식을 주며 자신을 돌아보는 반추의 기회를 준다.

산으로 오르는 길옆에 매실나무 한 그루가 푸짐하다. 시골 마을 입구에 으레 있는 느티나무와 달리 키가 작아서 그늘도 아담하고 나지막하다. 그 어느 날엔 누군가의 집 뒤란을 지켰을 것 같은 매실 나무다. 낮은 그늘에 할머니 한 분이 자리를 잡고 앉아 계셨다.

"쉬었다 가슈."

집에서 출발한 지 얼마 되지 않았으니 그새 쉬고 싶은 생각이 들진 않았지만 로션조차도 바르지 않았을 것 같은 얼굴인데도 곱살한 그분은 산으로 오르는 내 발걸음을 멈추게 했다. 내 걸음을 잡아 놓고 순식간에 소설 같은 당신의 이야기를 실타래 풀 듯 하염없이 풀어 놓는다. 앉기를 권하는데도 애초부터 얼른 자리를 뜨리라 하고 그대로 서서 멀찌감치 얘기를 듣다가 멈춘 발걸음을 다시 산으로 향해야 하는데 적당한 때를 찾지 못하던 차에 밭에서 일하던 할아버지가 수건으로 땀을 훔치며 나오셨다. 두 분은 구면인 모양이다. 서로 아는 체를 하며 지나치게 친절해서 할머니의 윗옷 목덜미를 헤집어 내리며 자기 것인 양 자랑스러워하듯 '육이오동란 때 폭격 맞은 깊은 상처' 라며 파란만장을 공감한다는 듯 맞장구를 쳤다. 다음에 또 채널을 돌리면 볼 수 있는 연속극처럼 다음 기회에 2막을 듣기로 하고 슬그머니 발걸음을 떼었다. 두 분은 더 많은 이야기로 서로 모르는 지난 세월을 나누셨을 거다. 내려 올 땐 육이오 상처를 입으신 할머니도 그

아픔을 자기 것인 양 드러내 보이던 오지랖 넓은 할아버지도 각자의 집으로 돌아가셨는지 긴의자는 비어 있었고 빈 종이상자가 곱게 포개진 위로 짙은 그늘이 드리워져 있었다.

'그늘도 큰 나무 그늘이 좋다'고 하고 '머슴을 살아도 이장 댁에서 살아야한다'고 했다. 그럼에도 자그마한 매실 나무 그늘에서 여름 더위를 식히며 지난 세월을 펼쳐 놓은 할머니는 그 그늘이 넉넉히 시원하다는 표정이다. 포항에서 사시다가 작은 아들네로 오셨다고 한다. 옥천에서 신혼살림을 시작하여 첫아이를 낳아 품에 안고 둘째는 뱃속에서 꼼지락거리는 때에 남편이 딴집 살림을 차려 나갔단다. 남편을 찾아 간 곳이 포항이고 그곳에서 아이와 두 여자와 남편이 놀랍게도 단칸방에서 얼마간 살았는데 그야말로 딴집 여자는 슬며시 집을 나갔다고 했다. 긴 세월 살아 온 이야기를 펼쳐 놓으면 누군들 그렇지 않을까마는 드라마 같은 이야기다. 당최 현세에는 이해하기 어려운 저속한 소설 같은 이야기가 옛사람들에게는 종종 있었으니 남자의 횡포가 여자를 송두리 째 무너뜨리는 일들이었다. 그래도 그 남편과 한동안 잘 살았고 마침내 사별 후 큰아들과 여태 살았는데 큰아들마저 하늘나라로 갔단다. 빈 물병이 든 배낭을 지고 내려오며 생각해 본다. 어쩌니 저쩌니 해도 그분에게는 남편이 큰 나무였고, 큰아들이 또 다른 큰 나무였고, 이제 다시 작은 아들의 나무 그늘로 오셨다 싶었다. 그러면서 집 근처에서 발견한 작은 나무 그늘에서 추억을 반추하며 두터운 그늘을 만들어 가는 것인지도 모르겠다.

모든 식물이 그늘 한 점 없이 뜨거운 태양 아래에서 살기를 원하지는 않는다. 음지식물이 있으니 그렇다. 그늘이 더 많은 무성한 열대림에서 자라는 식물이 그렇고 월봉산 소나무, 참나무, 아카시나무 밑에서 자라는 작은 나무나 풀들을 보아도 그렇다. 요즘 같은 더운 여름에 자주 먹는 보양식, 삼계탕에 필수인 인삼도 음지식물이다. 인삼을 보호하는 그늘막이 필수라서 우리는 네모난 검은 우산을 인삼밭에서 종종 볼 수 있다. "심봤다!" 하며 산이 흔들거리도록 외치며 그 발견을 기뻐하는 산삼은 말할 것도 없다.

올여름 햇볕이 심상치 않다. 여름이니 그러려니 하면서도 연일 계속되는 볕이 무서울 정도이다. 태양열이 작열하는 한낮에 나무 그늘은 우리의 숨통을 트이게 한다. 우리는 서로가 서로에게 작은 그늘이 되어 주며 음지식물로 살아가는 게 아닐까 싶다. 때때로 내가 큰 나무가 되어 주기도 하고 더러 그이의 그늘에 쉬기도 하면서 살아간다. 우리 동네 앞 횡단보도 저만치에 장수의자가 놓여 있고 나무 그늘을 대신할 만한 널찍한 그늘막이 참 요긴해 보여서 바라보기에도 흐뭇하다.

6

콩밭 열무

집근처 대형마트에서 장을 보게 된다.

집에서 가깝고 여러 가지 물건이 한 자리에 갖추어져 있고 늦은 밤에도 장을 볼 수 있고 주차장이 편리하니 그럴 수밖에 없다. 더구나 요즘 같은 여름에는 불볕더위가 무색할 정도로 매장 안이 시원하니 얼마나 고마운가? 겨울에도 따뜻하게 난방을 하니 그 매력으로 자석에 끌리듯 그곳으로 간다. 그러나 난 중앙시장 근처에서 한국어수업을 마치고 나면 으레 시장으로 발걸음을 옮긴다. 미리 사야할 품목을 메모했을 때는 물론이고 그렇지 않은 날에도 오후 시간이 여유로우면 무심히 장터를 둘러보게 된다. 옹기종기 앉아 장사하시는 아주머니들의 표정은 편안하다 못해 무심해 보이기까지 하다. 그제나 어제나 오늘도 큰 변함이 없는 시장통 상인들의 일상이 날마다 해가 뜨고 지는 것처럼 새로울 것 없이 늘 그러하다. 대형마트의 여러 가지 편리에 손님을 빼앗긴 재래시장의 한산한 모습이 더욱 그렇게 느껴진다. 인상 좋은 남자어르신이 도톰한 열무를 좌판에 진열해 놓고 가격을 매겨 놓았다.

"콩밭 열무 5000원, 10000원"

어설퍼 보이는 손 글씨가 열무 위에서 손님을 기다리고 있었다. 여름 더위에 슬쩍 단추 몇 개를 풀고 웃옷을 걸쳐 입은 어르신의 모습과 비슷하다. 그 추억의 콩밭열무라니, 어슬렁거리던 발걸음이 대뜸 멈춰졌다. 고향을 만난 듯 반갑기도 해서 보고 또 보면서 '사야지, 이건 사는 거야, 근데 냉장고에 김치 재고는? 내가 오늘 김치 담글 시간은 있나?' 따져보고 있었다. 콩밭열무는 콩이 어느 정도 자란 후에 열무 씨를 뿌려서 콩의 그늘에서 자란 열무를 일컫는다. 한여름 땡볕에서 자란 채소는 억세서 질긴데 콩 그늘이 별 것 아닌 것 같아도 그 콩 그늘에 자란 열무는 별칭이 있을 정도로 여타의 열무와 다른 대접을 받는다. 열무 중에서는 VIP열무인 거다. 오후 일정 때문에 이 더위에 자동차에 싣고 다니면 다 시들어버릴 것 같아 꾹꾹 눌러 참았다. 다시 일주일 후에 중앙시장 그 자리에서 발걸음이 멈춰졌다. 마침 오후 일정이 없으니 선뜻 오천 원짜리를 내밀고 한 무더기 초록을 건네받았다.

"진짜 콩밭에서 자란 건 아니지요? 어떻게 하면 이렇게 통통 한 열무로 키울 수 있어요? 비료도 주나요?"

'요즘 콩밭 열무가 어딨어요? 이거 진짜 콩밭에서 자란 거 아니지요? 화학비료도 주나요?' 하고 꼬치꼬치 묻는 대신 짐짓 재배 과정을 물어 보았다.

"콩밭 열무처럼 맛있는 열무라는 말이지유~ 화학비료로는 안 돼유. 퇴비를 넉넉히 내고 심어야지유~"

나는 어른신의 느린 말투에서 정직한 농사꾼의 맘을 알아차릴 수 있었다. 솔직히 말씀드리면 콩밭에서 키운 건 아니고, 화학비료도 한 차례 줬지만, 중요한 건 천연비료 퇴비를 내고 심었다는 거였다.

흐뭇한 마음으로 부재료를 준비하고 살살 다루어 열무김치를 버무렸다. 콩밭열무는 역시 기대를 저버리지 않았다. 국수를 삶아 얹어도, 쫑쫑 썰어 들기름에 밥을 비벼도 온 식구가 부드럽고 맛있다하니 성공이었다. 마침 서울서 내려온 둘째에게 나누어 보내고 나니 떠오르는 얼굴이 많았지만 만 원어치를 샀더라면 좋았다고 후회하면서 낮아진 김치통을 들여다본다.

여름철에 배추김치가 아니고 열무김치를 상에 올리는 일은 자연의 순리를 따르는 일이다. 배추는 시원한 때 자라는 식물이어서 가을에 김장김치를 담갔다가 봄까지 먹게 된다. 요즘엔 농사기술의 발달, 교통의 발달로 강원도 고랭지 배추를 사철 만날 수 있지만 강원도에서 여기까지 오기에는 따로 물류경비가 드는 것이니 우리 동네에서 재배한 로컬 식재료를 활용하는 것이 이산화탄소 배출을 줄이는, 순천하는 생활이다. 아파하는 지구를 살리는 일이다.

많은 이들이 지구온난화를 걱정한다. '지구온난화'라는 표현은 미약하다면서 '지구가열화'라고 해야 한다는 환경학자들의 주장을 증명하듯 남극의 빙하가 녹아 해수면이 상승한단다. 실제로 오세아니아의 작은 섬 '투발루'는 해수면의 상승으로 인해 9개의 섬 중에 이미 2개의 섬이 가라앉았으며 5m이던 해수면 높이가 3m에 불과하다고 한다. 세계 곳곳에서 예상치 못한 한파로, 가뭄으로, 폭우로, 고온으로 인간뿐만 아니라 동식물들도 고초를 겪고 있다. 온대지방인 우리나라에도 겨울이 겨울 같지 않게 따뜻하기도 하고 여름은 무지하게 더워서 농작물들이 제대로 재배되지 않아 가격이 폭등하기도 한다. 또 봄에는 봄 같지 않아서 작은 열매들이 냉해를 입기도 했다니 우리는 이제 공포를 느끼는 지경에 이르렀다. 지구가열화는 앞으로 있을 재앙을 추측하는 단계가 아니라 지금 당장 우리 앞에 닥친 위험한 현실이다. 하늘이 돕지 않으면 농사도 지을 수가 없고 농사가 제대로 이뤄지지 않으면 당장 우리에겐 먹을거리를 걱정해야 한다. 지구가 아파하면 우리 인간도 아프게 된다.

우리는 더 크고 더 달고 더 깔끔한 농작물을 더 일찍 먹고 싶어 한다. 겨울에도 토마토나 딸기, 수박 등을 비닐하우스에서 재배한 것을 먹게 된다. 이제 우리는 해가 뜨면 일어나 활동하고 해가 지면 수면으로 재충전하는 자연과 함께하는 자연스런 삶을 다시 찾아야 한다. 여름에는 열무김치에 보리밥이 제격이다. 가을 추수 후에야 비로소 반지르르한 쌀밥에 배추김치를 먹었던 우리 조상들이 순천하는 분들이었다. 공자의 명심보감 천명편에 '순천자는 흥하고 역천자는 망한다'고 한 명언을 엄중히 반추해야 할 때이다.

7

코로나 19를 겪으며

아주 어릴 적 그때처럼 파란 하늘을 올려다 봅니다. 코로나19가 우리를 습격한 지 반 년이 넘었습니다.

논뚝 길을 따라 막걸리 주전자를 들고 새참을 이고 가시던 엄마 뒤를 졸졸 따라가던 날이 선연하게 떠오릅니다. 딴에는 균형을 잡기 위해 주전자를 들지 않은 쪽으로 몸을 구부리고 종종 걸음을 걸었습니다. 흙이 빨간 황토 빛 때문이었을까요? 우리 마을 이름이 주령이었습니다. 붉은 고개 아래 너른 논으로 가려면 작은 재 개티를 넘어야 했습니다. 개티 고개로 오르기 전에는 온 동네 사람들의 마르지 않는 원저골 샘물이 있었고 소나무 숲이 우거져 언뜻 부는 바람에 솔잎이 춤추며 향기를 내 뿜었으며 고개 아래 널따란 잡풀 밭에는 멍석 딸기가 즐비했습니다. 우리들은 멍석 딸기를 따 먹느라 줄기의 가시에 찔리는 것도 감내해야 했습니다. 요즘은 복분자라 하며 대 단위로 농사 지어 즙을 내어 팔기도 하는 과일인데 예전에는 야생 하는 것이어서 부지런하기만 하면 얼마든지 얻을 수 있는 것이었습니다.

"부지런히 따 먹어라. 신장에 아주 좋은 약재 니라!"

한의원을 하시는 중백부께선 틈 나실 때 마다 우리 주변의 여러 식재료와 나무 열매와 푸성귀의 약성을 일깨워 주셨었습니다.

코로나19 치료에 소독약이 특효라고 말해 물의를 일으킨 도날드 트럼프 대통령이 비꼬는 취지로 말했다고 하며 진화에 나섰다는데 통 이해가 되진 않지만 예방 백신까진 아니어도 분명 바이러스를 물리치는데 큰 효력을 지닌 무언가가 있을 것 같습니다. 면역력을 높이는 게 최고라면서 여러가지 영양제나 한약재를 광고하는 것도 일리가 있어 보입니다.

아무쪼록 항상 손을 잘 씻고 사람이 많은 곳에 가지 않으며 부득이 가야 한다면 마스크를 필히 착용하여 바이러스를 차단하는데 철저해야겠습니다.

아주 먼 옛날 유럽을 휩쓸었던 흑사병은 당시 서유럽 인구의 얼추 반 인 7500만 명 이상을 희생시켰다고 합니다. 교통 수단이 지금처럼 발달 되지 않은 때여서 주로 서유럽에서 유행하여 곤경을 치렀습니다. 그에 반해 2020년의 코로나19는 인류가 만들어 낸 문명의 이기, 항공기로 인하여 지구촌으로 고루 빠르게 퍼져나간 것입니다. 상상하지 못한 재앙입니다. 학교에 가지 못하는 사상 초유의 사태가 오고 온라인 화상 수업을 하기도 하고 해외여행은커녕 국내 여행도 삼가며 심지어 노부모님 찾아 뵙는 일도 거르고 대형마트에 가지 않으며 동네 가게에서 간단하게 장을 보며 온라인 쇼핑으로 생활하고 있으니 이런 전쟁 통이 어디 있답니까? 그럼에도 참 다행인 것은 다른 여러 나라에 비해 우리나라는 비교적 적은 수의 환자가 발생하였고 치료를 잘하고 있다는 보도를 접하며 의료진과 질병관리본부 종사자들에게 고마워하며 박수로 응원합니다. 혹자는 우리나라 사람들이 매일 먹는 발효 식품이 큰 공헌을 했다고 하니 우리 조상님 들로부터 면면히 이어져 내려오는 전통 식품 식생활은 노벨 의학상 감인듯합니다. 이번 뿐이 아닙니다. 2003년에 사스 바이러스가 창궐했을 때나, 2015년 메르스의 습격이 있을 때에도 우리나라 된장 고추장 김치 깍두기가 학자들에게 회자 되기도 했습니다.

지구촌 전체의 인구는 2011년에 70억 명에 도달한 이후 2020년 현재 78억 명에 이르고 있다고 합니다. 인구 통계 학자들은 2023년이 되면 80억 명을 넘어설 것으로 예상한다고 합니다. 인류 학자들은 과학기술 문명은 지구를 망가뜨리지 않고도 이 많은 인구가 질 높은 삶을 계속 누릴 수 있을지 염려 합니다. 지구 지속 가능성을 해치지 않는 적정 인구는 과연 얼마일까요? 우리의 지구촌에 적정 인구는 몇 명일까 궁금해 집니다. 진화 생물학자 폴 얼리크는 『인구 폭탄』에서 적정 인구를 말하려면 먼저 원하는 삶의 방식을 선택해야 한다고 말합니다. 모든 사람이 프랑스인처럼 살려면 2.5개의 지구가 필요하답니다. 30억 명이 적정 인구라는 말입니다. 미국인처럼 살려면 15억 명 이어야 하고, 한국인처럼 살려면 22억 명이라고 합니다.

이런 논리를 코로나19가 눈치 챈 것은 아닐까 싶습니다. 코로나19가 지구를 흔들어 키질 하기 전에 우리가 먼저 정신 차렸어야 합니다. 지구를 망가뜨리지 않았어야 합니다. 어렸을 적 보았던 높고 파란 하늘을 요즘 잠시 볼 수 있어서 떠오른 생각입니다. 우리는 아주 복잡한 구조의 생활 그물망에서 허덕이고 있습니다. 이제 조금은 단순하고 자연적인 생활로 바꾸어야 하지 않을까 싶습니다만 인류는 좀체로 그렇게 하기 어려운 궤도로 이미 진입해 치달리고 있는 것 같습니다. 더욱 더 빠르고 편리한 것을 추구하는 타성에 젖어 고장 난 브레이크를 알면서도 수선하지 않고 멈출 줄 모르는 건 아닐런지요. 자연을 최대한 훼손하지 말며 자연과 더불어 함께 자연스레 살자는 '느림의 미학'을 이해하기는 하면서도 이에 동참하여 실천하기는 어려운 모양입니다.

8

3층집

그 때는 2층집을 지을 필요가 없었다.

봄에는 씨를 뿌리고 땡볕과 싸우며 가꾸는 여름을 지내고 가을에 영근 오곡 백과를 추수하여 각각의 창고에 저장했다가 1년을 살아내면 되었다. 굳이 2층을 지어 오르내리는 번거로움을 감내하지 않아도 되었다. 은밀한 곳에 깊이 저장할 귀한 물건은 높다란 부엌 천정의 일부를 안방과 연결하여 누다락을 만들어 사용할 뿐이었다.

달라졌다. 세상이 아주 많이 달라졌다. 땅이 너무 좁다 하며 위로 또 그 위로 생활 공간을 넓혀 하늘로 가까워져 간다. 건축학을 모르는 이들은 통 이해할 수 없는 첨단 기술로 건물을 높이

올리는 것을 다투어 경쟁하고 있다. 창세기에 나오는 바벨탑 이야기가 문득 떠오르며 우주 자연을 창조하신 조물주께 도전장을 던지는 것 같은 야릇한 느낌이 든다.

서울에도 롯데월드타워가 있다. 세계 5위의 123층 555m의 빌딩이 로켓 모양을 한껏 뽐내며 하늘로 치솟아 우뚝 서 있다. 2009년 5월에 착공하여 8년만 인 2017년 4월에 오픈 하였다는데 123층 그 많은 공간 중에 음향 효과 최고를 자랑하는 롯데콘서트홀이 있다. 이미 2016년 8월에 정명훈 지휘자가 이끄는 서울 시립 교향악단의 개관 공연이 개최되었다고 한다. 그 다음 해 7월 그 명소에서 웅장한 음악회를 감상할 수 있는 행운이 찾아왔다. 둘이는 퇴근 후 서둘러 서울 길에 올랐다. 송파구 올림픽대로 300 롯데월드몰에 있는 세계에서 유명한 롯데콘서트홀 목적지였다. 가까이에선 다 보이지 않는 웅장한 건물의 겉모습에서 작은 키가 더욱 작아지며 더 짧아진 다리로 미로처럼 복잡한 길을 찾아 에스컬레이터와 엘리베이터로 홀에 도착하니 그 웅장한 규모에 놀라지 않을 수 없었다. 우면동 '예술의 전당'이나 세종로 '세종문화회관'에서 감동했던 공연 관람도 그 당시에는 큰 감동이었는데 롯데콘서트홀에서는 그 무엇과도 견줄 수가 없었다. 얼핏 보기에도 화려한 외관이 청중을 압도했고 음향효과를 과학적으로 설계했다고 들었다. 부천 필하모닉 오케스트라의 호른 협주곡이 감동이었다고 두고두고 곱씹는 정 시인과 뜻

밖의 1박을 하게 된 날이었다. 공연이 끝났어도 자리에서 얼른 일어나지지 않아서 꾸무럭거리다가, 동서울역에서 출발하는 막차를 놓치고 말았던 거다. 세계에서 제일 높은 빌딩은 아랍에미레이트 두바이에 있는 부르즈 할리파인데 지상 163층 828m라고 한다. 누군가 어디선가 또 그 기록을 갱신하려 계획하고 있을지 모르겠다.

우리 집은 3층이다. 15층 맨 꼭대기 층엔 천정이 더 높고 아치로 되어 있어서 어릴 적에 우리 동네에 있던 천주 교회 작은 공소 같았다. 천정이 높아 더 시원하게 느껴지고 창문밖에 바로 하늘이 있어 정말 하늘과 가까운 집이었다. 창문으로 내려다 보니 공원이 아스라이 멀어서 아이들이 작은 점으로 보이는 듯 했다. 그네는 귀고리만 했고 정글짐은 울아가의 불럭 장난감 같았다. 3층 우리 집으로 내려오니 부웅 떠 있던 몸이 땅에 발을 딛고 편안해진 기분이다. 나무들이 창문의 반쯤까지 자라 올라왔다. 여름에는 초록 옷을 입고 자두, 앵두, 벚, 살구 열매로 브로치를 달고 패션쇼를 한다. 우리가 팔월 중순에 입주를 해서 지난해 여름에는 그 알찬 열매를 보지 못했다. 올여름에는 장대질 하여 몇 알 떨구고 아이는 떨어지는 살구를 받거나 줍는 재미를 보았다. 농사꾼처럼 제대로 거둔 것이 아니고 3층집의 특별한 맛을 잠시 즐겨 보았다. 여남은 개의 살구를 얻고도 몇 상자를 거둔 것 마냥 부자가 된 것 같은 풍요로움을 품에 안았다. 이제 서서히 나무들은 빛깔 고운 옷으로 갈아입을 채비를 하고 저만치 오고 있는 가을을 맞이할 준비를 하고 있을 것이다. 지난 가을의 단풍은 봄꽃보다 고왔다. 겨우내 나목으로 서 있는 나무들도 날마다 다른 풍경으로 우리 집을 바라보고 있다. 눈이 오시는 날엔 금세 하얀 꽃을 피워낸다. 언뜻 바람이라도 불면 흰나비 떼의 군무를 입장료도 내지 않고 공짜로 볼 수 있다. 우리 집에선 애써 까치발 서지 않아도 아주 잘 보인다. 봄날은 또 봄날대로 장관이다. 어떻게 알았는지 추위가 물러가나 싶었더니 새싹이 쏙쏙 돋아 나오고 새싹보다 마음이 급한 벚꽃은 더 먼저 피어 온 동네를 꽃대궐로 만든다. 봄바람이 불기라도 하면 꽃나비 떼가 군무를 추어 또 우리 집 앞 작은 공원 무대를 가득 채운다. 황홀한 봄날이다. 봄빛이 앞 베란다를 가득 채우고 거실까지 들어온다. 가톨릭 농민회에서 유기농 콩으로 빚은 메주를 구입해서 장을 담갔다. 항아리에 뜨건 물을 서서히 부어 소독하고 미리 준비한 천일염 소금물에 메주를 띄워 숯과 마른 고추와 대추로 마침표를 찍었다. 장 항아리 위에 벚꽃이 한 잎 날아와 앉아 수묵 담채화를 한 폭 그려낸다. 야단스럽지 않은 색깔에 친근한 질 항아리 속 질박한 메주 덩어리가 묵언 수행하는 수도자처럼 마음을 평안하게 한다.

123층 키의 롯데콘서트홀에서 하늘과 맞닿은 것 같은 화려한 풍경도 귀하지만 소나무 우거진 야트막한 산 아래서 살아서 그런지, 솔잎만 먹고 사는 송충이를 닮았는지, 작은 웅덩이의 개구리로 살아서 인지, 햇볕과 바람과 꽃과 나무가 있는 땅과 어깨동무한, 땅과 친한 3층 우리 집이 참 좋다.

9

저녁밥 안칠 무렵

봄은 희망이다. 겨울은 춥고 지리했다.

나와 배란다의 화초는 겨울을 견디고 여기 살아남아 봄을 맞았다. 새 봄이 우리 집 깊숙이 들어와 희망의 봄이 되길 간절히 기도해 보았다. 써늘한 앞 베란다에 아침 햇살이 내려와 아직 꽃 피우지 못한 군자란의 넓은 잎을 쓰다듬고 있었다.

무언가를 심어야 거두리라. 나도 봄을 맞으리라, 희망을 심으리라.

서랍을 뒤적였다. 지난해 늦은 가을에 누런 편지봉투에 두었던 분꽃 씨가 봄을 기다리고 있었다. 언니와 함께 한 가을 나들이 길에 어느 찻집 뜰에서 꽃씨를 받아왔다. 겨울에 쫓겨 더 버티기 힘들어 보이는 분꽃이 드문드문 남아 까만 씨앗으로 총총했다. 꽃받침은 접시가 되어 어릴 적 추억을 담아 선물하듯 씨앗을 내게 내밀었다.

황토색 토분에 까만 씨앗을 묻었다.

'이 꽃이 피면 나도 활짝 피리라. 피어나리라' 최면을 걸어 보았다. 그러면서 '분꽃이 피는 초하에 회갑을 맞는 그녀에게 선물하리라' 마음먹었다. 그리고는 마냥 기다려야했다. 기다리는 임은 워낙 더디 오는 법이었다. 물을 주고 햇볕을 한 줌이라도 더 받게 하려고 베란다 밖 난간에 내놓았다. 10층이니 실족이라도 하면 대형 사고일 것이니 바람이 부는 날이나 비라도 세차게 내리는 날에는 서둘러 화분을 들여놓았다. 같은 날 뿌린 씨앗이었지만 싹이 트는 것도, 자라는 모양도 각기 달랐다. 화분 세 개에 나누어 뿌린 씨앗은 제 맘대로 비죽비죽 올라와 너울너울 자랐다. 화분 한 개에 씨앗 두 개를 뿌린 것은 서로 좁다고 다투는 듯하여 결국 다른 화분에 분가 시켰다.

드디어 그들의 찬란한 여름이 왔다. 그랬다. 우리 엄마가, 우리 큰언니가 하얀 옥양목 앞치마를 두르고 아궁이의 목구멍까지 깔끔히 긁어 재를 쳐내고 저녁밥을 안치려고 보리쌀을 씻던 그 무렵이 되자 그들은 한 송이 두 송이 꽃을 피웠다. 처음 화분에선 선홍빛을 피웠다. 천상, 우리 큰언니 시집 갈 때 입던 초록 저고리 꽃분홍 치마였다. 분꽃에서는 울언니 시집갈 때 단장했던 분냄새가 났다. 그래서 이름이 분꽃이런가. 베란다는 어느새 언니의 향기로 가득한 우리 언니의 방이 되었다. 그 황홀함을 혼자 보긴 아까웠지만 혼자 보기에 더 황홀했다.

그녀가 다음 주에 자기 남편의 생일이라고 말했다. 나는 손뼉까지 치며 반가워했다. 이 예쁜 분꽃을 선물할 명분을 찾은 것이다. 어느 시인은 누군가에게 이유 없이 꽃을 선물해보라고 권했지만, 내 텅빈 마음으로 그 시인의 꽃은 종종 공염불이었다. 그러기에 축하해야 할 이유가 분명한 그에게 분꽃을 선물할 생각을 하니 신이 났다. 원래 선물은 보내는 이의 기쁨이다. 문구점에서 골라온 포장지로 정성껏 옷을 입히고 그녀의 집으로 보냈다. 그날 늦은 시간, 그야말로 보리쌀 씻어 저녁 지을 무렵, 그녀에게서 문자메세지가 왔다.

"축하의꽃분꽃이활짝폈어요거실가득향기예요감사"

그렇게 분꽃 화분 하나를 선물로 보내고 딸을 시집보내는 아버지의 마음을 비로소 알았다. 고 예쁜 걸 선물하니 가슴 뿌듯했지만 내 뜰에 더 데리고 있고 싶은 생각에 서운함도 길었다. 선홍빛 꽃을 시집보내고 아쉬움을 달랠 때, 또 하나의 화분에서 꽃송이를 터뜨렸다. 큰딸을 시집보낸 텅 빈 자리에 둘째딸이 훌쩍 자라 채운 격이다. 이번엔 노랑과 주황이 어울린 추상화 같은 꽃을 피웠다.

딸을 고이 키워 놓으면 예서제서 혼삿말이 들어오듯이 그 고운 분꽃이 활짝 피니까 또 선물할 곳이 생겼다. 오래된 벗에게 경사가 생긴 것이다. 축하식장에 참석하여 오래오래 박수를 보냈지만, 목청껏 찬가를 불렀지만, 마땅한 선물을 못하여 마음 한 구석이 켕겼는데 분꽃을 생각해냈다. 그의 아파트 현관문 앞에 주황빛 분꽃을 놓고 왔다. 그가 아주 특별한 선물이라고, 너니까 보낼 수 있는 선물이라고 기뻐하며 전화를 해서 내 마음도 덩달아 가벼웠다. 그가 내 마음을 헤아리는 인사란 것도 잠시 잊고 푼수마냥 기뻐했다. 그에게 두 번째 분꽃을 보낸 후 한참동안 내 뜰엔 분꽃이 피지 않았다. 그는 그의 거실에 분꽃 향기가 그윽하다고 화신을 보내서 분꽃 선물의 기쁨을 내가 거듭 느끼게 해 주었다. 그의 목소리에서 분꽃 향기가 나고 눈앞에 분꽃이 어른거리더니 그가 정말로 손전화에 만개한 분꽃의 모습을 담아 보냈다. 예전에 시집살이하는 딸을 반보기 했다더니 손전화 속 그 모습은 너무 작고 아쉬움만 컸다.

드디어 세 번째 화분에서 날콩가루 빛의 연노랑 꽃을 피웠다. 이 분꽃은 천상 노랑저고리 초록 치마 입은 규수다. 이 씨앗을 심으며 생각했던 선배의 생일은 며칠 더 있어야하지만 예식을 올리기도 전에 동거하는 요즘 젊은이들처럼 이 분꽃도 서둘러 그에게 보내기로 했다. 그 날에 맞추어 보내려다간 이 꽃의 고움이 사위어질지도 모른다는 염려 때문이었다. 선배는 분꽃에 입맞춤하듯 흠흠 향기를 들이켰고, 미용실에 다녀온 나를 보듯 한

농안 요모조모 바라보았다. 선배의 활짝 핀 얼굴이 분꽃이었다. 가난한 후배의 마음을 따뜻하게 보듬는 마음이 넘쳤다. 꽃의 자태로야 회갑선물로 부족함이 없지만 어쩐 일인지 마음 한 구석이 아팠다. 그에게 너스레를 떨어 어정쩡한 맘을 흩으려고 문자 메세지를 보냈다.

'에미를닮아수줍어하며집안구석에수그려밖고있는건아닌지요?'

그에게서 금세 글말이 돌아왔다.

'걱정마슈활짝웃으며저녁때면반기는게꼭그대같소식구많은집에시집자알보냈으니엄니걱정붙들어매슈' 그의 집에는 난을 비롯한 다른 꽃들이 무척 많았다. 식구 많은 집이란 그 말이었다.

시집보낸 딸이 제자리서 제 몫을 다하며 잘 사는 것이 딸의 행복이고 효도다. 그들에게 보낸 분꽃이 그들의 환한 꽃이어서 흐뭇했다. 오늘도 저녁밥을 안칠 무렵이면 그들의 뜰에선 분냄새가 폴폴 날릴 것이다.

10

사과 시집보내기

한반도의 여름이 아니라 동남아시아의 어느 열대 나라의 그 즈음처럼 여러 날 동안 비가 내려서 채소 값이 폭등을 하는 심각한 사태가 벌어지긴 했어도 때가 다가오니 온갖 곡식과 채소와 과일들이 저마다의 모습으로 여물어가고 있습니다. 하도 비가 많이 내려서 동남아시아에서 한국으로 시집온 새댁들이 많아서, 그녀들이 시집올 때 비도 같이 따라 왔나보다고 하며 함께 웃었습니다. 아주 어릴 적에 우리 큰언니가 시집을 갔는데 나도 따라가고 싶었거든요. 며칠 따가운 햇살이 비치는가 싶더니 조석으로 선뜻 부는 바람은 가을 냄새를 풍기고 추석이 코앞으로 다가왔습니다. 그 빗속에 어떤 곡식이 자랄 수가 있었을까? 했는데 그래도 잘 견디어 논에는 벼이삭이 피어 나날이 누렇게 익어가고 고개를 숙이니 곧 햅쌀밥을 먹을 수 있겠습니다. 아직도 비싸기는 하지만 배추나 무도 어엿한 모습으로 시장의 진열대에서 버티고 있습니다.

사과를 가져다 먹으라고 전화가 왔습니다. 여름내 악천후와 싸우며 보살핀 귀한 사과를 어찌 날름 가져다 먹겠습니까? 사과를 따기도 하고 포장도 하는 일은 노동이 아니라 자연에 감사하는 의식을 치루는 축제의 장일 것 같았습니다. 그래서 주말에 망서림 없이 일하러 가겠다고 자청했지요. 그리고는 서울 사시는 언니 내외분께도 전화를 했더니 선뜻 동행하겠다는 것입니다. 이렇게 하여 추석 대목에 삼남매가 모여 과일 작업을 하게 되었답니다. 농사일과 회사일을 겸업하는 부지런함이 안쓰럽더니 몇 해 전부터 한 가지는 손을 놓고 농사일에 전념하면서 완만한 경사를 이룬 황토밭에 그는 사과나무를 심었답니다. 농사도 은퇴할 나이에 무슨 과일농사냐고, 고생하지 말라고 말리던 형제들에게 '내일 지구가 멸망하더라도 사과나무를 심겠다'며 굳은 결의 반, 농담 반으로 응수하던 때가 네 해 전의 일이었는데 이렇게 주렁주렁 사과가 열렸답니다. 젊은 엄마가 아이를 낳은 것 마냥, 우리 사람들의 키 만한 나무에 빨간 사과가 주렁주렁 열린 모습이 장관이었습니다. 화초처럼 고운 사과밭에서 사과를 따서 수레에 실어 나르고 사과꼭지를 따서 굵기를 선별하고 상자에 포장을 할 때까지 사람의 손길이 여러 번 가야 하는 작업이 이어졌습니다. 창이 뚫린 육면체를 접어서 상자 모양을 만들고 골판지와 스티로폼을 깔아 충격 흡수장치를 하고 사과를 채운 다음, 말간 비닐 유리 막으로 마무리를 하면 경매장으로 나가게 됩니다. 특히 사과의 무게를 숫자로 선별하는 디지털 저울은 4단에서 16단까지 나누고 16단보다 작은 사과는 '땡 처리'를 했습니다. '땡'을 맞은 사과는 10Kg 상자에 포장을 하는데 대개 그러하듯 작은 사과는 더 단단하고 아삭한 맛이 좋았습니다. 빨갛게 익은 작은 사과에 충격 방지 그물망을 씌우니 우리 딸내미들의 어린이미사 시간에 미사보를 쓴 모습과 같았습니다. 저울이 정확하고 음성으로 인식을 하는 것이 신기했는데, 수확한 사과 전량을 한 개씩 저울 앞에서 들어 보이고 저울 주위에 큰 입을 벌리고 기다리는 각각의 큰 상자에 모아놓아야 했습니다. 좀 더 큰 규모의 과수농가에선 자동화 기기로 하겠지요. 사과 상자에 사과의 품종명과 생산자 이름을 써야하고 과일 수량도 써야 했습니다. 우리 형부와 오빠의 명필은 여기서도 또 빛을 발합니다. 그렇지만 한 두 상자도 아니고 수 백 상자를 그렇게 해야 하니 그 또한 만만한 일이 아니었습니다. 형부께서는 그 밤으로 도장 파는 분께 주문하여 과일명과 생산자명을 새긴 도장이 다음 날에 배달되어 왔답니다. 그 뿐이 아닙니다. 우리가 못 본 사이에 꽃을 속아주고 해충을 쫓아내는 약을 뿌리기를 서너 번 반복했겠지요. 창고 천정까지 닿을 듯 수북이 쌓인 사과 상자를 바라보니 신부대기실에서 꽃단장을 하고 있는 예쁜 딸과 같았습니다.

그동안 나는 과일 가게에 진열되어 있는 과일을 살 때 무척 꼼꼼히 살펴보고 가격과 품질을 저울질 했던 것이 슬그머니 무색해졌습니다. 모든 사과가 과분하게 느껴졌습니다. 과일 한 상자를 포장하기까지 얼마나 많은 손길이 가고 정성이 들어가는지, 식탁에서 바치는 기도를 두 번 바쳐야할 것 같은 생각이 들었습니다. 나도 모르게 중얼중얼 기도하게 되었습니다.

‘주님, 은혜로이 내려주신 이 음식과 저희에게 강복하소서. 이 사과를 가꾸느라 흘린 땀과 정성을 귀히 여기시어 농부들에게는 보람이게 하소서. 그리고 자연에 감사하며 욕심 부리지 않고 자연스레 살게 하시며 늘 감사하게 하소서.’

한 번 먹어버리는 음식이 아니라 오래 두고 보아야 할 장식품인 것 같았습니다. 큰 것이 반드시 좋은 것은 아니지만 아이 머리통만한 큰 사과는 보고 또 보아도 감탄사가 절로 나왔습니다. 이렇게 큰 것은 5Kg 들이 한 상자에 9개나 10개가 들어가는데 그야말로 임금님께 진상해야할 것 같은 생각이 들었습니다. 이런 사과를 선물 받으면 임금님이 된 것 같은 뿌듯함을 더불어 받게 될 것 같았습니다.

자연은 참으로 위대합니다. 참 감사합니다.

11

참 좋은 날

우리는 날씨에 참 민감하다. 햇살 곱고 바람이라도 살랑 부는 날이면 게다가 요즘 같은 봄철, 초목이 움터서 연초록 나뭇잎이 꽃보다 더 아름다운 날이면 기분이 좋아진다. 맑고 푸른 하늘 위로 마음이 날아간다. 양탄자를 타고 하늘을 나는 동화 속 아이처럼 마음이 두둥실 가볍다. 이럴 땐 슬그머니 누군가를 기다리게 된다. 전화 속의 그가 가까운 숲이라도 동행하자고 청하기라도 하면 팝콘처럼 튀어나가게 된다. 그런 청이 없으면 내가 먼저 "친구야, 노올자." 하던 어린 시절의 그 억양으로 문자메시지를 보내게 된다. 그리고 함께 자연 가까이로 다가가 오솔길에 들면 자신도 모르는 사이 두 팔을 벌려 어설픈 춤사위로 허공에 곡선을 그리게 된다. 그러면서 누구에게 랄 것도 없이 '날씨 참 좋다. 날씨 차암 좋다'를 연발한다. 이런 날엔 티비를 켜지 않아도 영상이 선명하다. 고 예쁜 연초록의 새순, 산나물을 뜯어다가 삶아 멍석에 널어 말리시던 말간 햇볕 속의 어머니가 떠오르기 때문이다.

그렇다고 햇볕이 항상 반가운 건 아니다. 햇볕에 장시간 노출된 채로 농사일을 해야 하는 농부들에게 햇볕은 가장 귀한 것이면서 동시에 가장 넘기 힘든 산이다. 생명과도 같은 농작물을 햇볕으로 살찌워야 하지만 햇볕을 받으며 노동해야하는 복병을 감수해야하니 볕에 대한 두 마음이 팽팽하게 맞선다. 봄이나 가을이나 기온은 비슷해도 햇볕의 질은 사뭇 다른 모양이다. '봄볕에는 며느리를 내보내고, 가을볕에는 딸을 내보낸다'며 봄, 가을의 순한 햇볕으로 사랑의 키재기를 했으니 말이다.

그런데 '날씨 참 좋다' 말해 놓고는 슬그머니 미안한 생각이 드는 날이 있다. 비가 올 것 같지는 않고 잔뜩 흐려서 물기 촉촉한 날이거나 보슬보슬 순하게 비가 내리는 날이 그렇다. 이런 날, 어머니는 올림픽 성화 봉송을 하듯 대문과 연결된 헛간에 불씨를 옮겨 놓고 모시 나르기를 준비하셨다. 그날 일찌감치 아침을 지어먹고 아궁이에서 고무래로 긁어내 온 짚을 땐 불씨에 왕겨를 올려 뭉근한 불씨를 마련하셨다.

그런 거사를 위해 어머니의 지난 겨울은 농한기가 아니었다.

새로운 분야, 섬유제조업이 시작되는 또 다른 농번기였다. 박씨 문중의 아주머니들이 모여 길쌈을 했는데 겨울이 춥거나말거나 깡마르고 허연 무릎 한쪽을 드러내놓고 아직은 날실이 될지 씨실이 될지 모르는 모시실을 잇고 또 잇는 작업을 했다. 이는 세상과 자신을 이어가는 어머니들의 소통의 장이기도 했다. 모시를 삼는 품앗이로, 그렇게 준비한 모시실을 여러 무더기 모아놓고 바디에 끼워서는 풀을 먹이고, 은근한 불에 말려서, 도토마리에 감고 또 감아서, 길고 긴 날실을 마련하는 작업을 했는데 '모시 나르기'이다. 모시실 무더기가 많을수록 폭이 넓은 모시천이 완성되는 거다. 지금 생각하니 흐린 날이어야 가능한 어머니의 예술 활동이었다. 그러하니 흐린 날은 어머니의 퍼포먼스를 위해 없어서는 안 될 참 좋은 날이었다. 모시 나르기를 하는 날은 반드시 그렇게 습기가 많은 날이어야 한다. 흐린 날은 하느님이 마련하신 천연 가습기였던 거다. 화창한 날에 이 일을 벌였다가는 끊어지는 모시가닥이 많아져서 낭패다. 멀건 풀물에 성근 솔을 담갔다가 도토마리에 감기기 직전 모시 날실에 풀을 먹이고 솔로 부드럽게 빗어주면서 은근한 불에 말려야 하는 일로 손이 많이 가는데 날이 쨍하고 개어 자꾸 끊어지기라도 하면 일은 한없이 더디기만 한 비효율의 작업이 되는 거다. 그러니 볕 좋아 나무를 바싹 말리는 날도 좋지만, 곧 비가 쏟아질 듯이 잔뜩 흐린 날도 모시 나르기엔 얼마나 고마운 날인지 모른다. 그렇게 내 어머니는 자연을 감사하고 때때로 변하는 자연에 맞춰 삶을 요리했다. 하느님이 마련하신, 봄 여름 가을 겨울 삼백 예순 다섯 날, 시시때때로 변하는 모든 날에 감사하며 순천하는 생활을 했다. 그러니 어찌 쾌청한 날만 좋은 날일까 싶다. 어쩌다 흐리고 비오는 날도 그래서 나는 참 좋다. 그런 날도 참 좋은 날이다.

광덕산 중턱에 누운 시인 운초의 묘역에도 초록이 찾아왔다. 해마다 사월 마지막 일요일에 제를 올리는데 올해의 운초추모제가 있는 날은 마침 순한 비가 오시는 날이었다. 묘역을 새 단장해서 새로 심은 잔디가 아직 뿌리를 내리지 못하고 서성거리고 천안문인협회 문우들도 우비를 입고 우산을 쓰고 단정하게 서 있었다. 그 주변의 나뭇잎들이 '반짝반짝 작은별'을 노래 부르는 양, 살랑거리는데 운초님께 올리는 주과포가 조촐했다. 햇볕 화창한 날과 달리 운초를 기리는 시낭송은 더욱 큰 울림으로 다가왔고 걸어온 발자국을 돌아보게 했다. 한때 번쩍거리던 권세는 세월무상이지만 한 자루 붓으로 올곧게 산 시인은 우리의 마음속 깊이 자리하고 있다. 유택 앞에 서면 초라한 초가삼간 같아서 마음 한 쪽이 서늘했는데 석축으로 보수하고 새 옷을 입히니 고대광실 기와집이 되었다. 제물을 준비하고 우비까지 준비해야 하는 천안문협 임원은 번거로운 수고를 더해야했다. 그날도 보슬보슬 비가 내리는 날이었다. 님을 기리기에 참 좋은 날이었다.

12

네 바퀴도 돌고

오래 장롱에서 숨을 못 쉬고 있던 자동차 운전면허증을 꺼내서 세상 빛을 보게 하였다. 나이 들어 새로 시작한 일이 기동력을 원하는 일이어서 연 전부터 자동차 운전을 해야 하지 않을까 생각하고 있던 차에 아이들이 하나, 둘 자동차를 구입하는 바람에 자동차를 운전해야겠다고 맘을 먹었다. 집에 자동차가 세 대나 되는데 이 시대에 시내버스만을 고집하는 것이 결코 미덕은 아닌 듯싶었다. 미리 예약해 놓은 도로주행 연수를 받는 날, 유난스레 비가 많이 오는 7월의 날씨는 초보운전자에겐 또 하나의 부담이었다. 다음 주엔 비가 오지 않을 지도 모르겠다는 생각으로 다음 주에 연수받겠다고 했더니 "비 오는 날엔 운전 안 하실 거예요?"나에게 되묻는 도도한 연수강사에게 머쓱했다.

연수강사 김 선생은 경상도말과 북한말을 섞은 것 같은 언어구사를 하고 있었는데 처음 만나서 잠깐 그 또한 걱정이었다. 급박한 상황에서 내가 강사의 말을 잘 못 알아들으면 어쩌나하는 생각이 들기도 했다.

첫째 날, 운전연수를 마치고선, 아! 나는 운전을 하기 위해 태어난 사람인 것 같다면서 가족들에게 너스레를 떨었다. 정말 운전을 잘한다는 생각을 했다. 연수강사 외엔 본 사람이 없으니 이거야말로 '믿거나말거나'지만, 덩치 큰 쇳덩어리가 내 손과 발의 조작으로 전진하고 후진하고 달리고 멈추는 것이 신기하기만 했다. 그러나 집으로 돌아오니 두 어깨와 두 팔이 아프고 온몸에 잔 경련이 일었다. 이렇게 스트레스를 받으며 이 나이에 운전을 해야 하는 걸까? 다시 생각하게 되었다. 도로를 꽉 메우고 운전하는 많은 사람들은 아무렇지도 않은 듯이 잘 돌아다니는데 나만 뒤늦게 벌벌 떠는 것이 야속했다. 둘째 날에는 비가 더 많이 쏟아졌다. 부지런히 좌우 운동을 하는 윈도우브러시가 없으면 시야를 확보할 수 없어서 여간 신경이 쓰이는 게 아니었다. 빗줄기 속에서 서행을 하며 광덕산 입구까지 왕복하고 아파트 앞까지 와서 운전석을 김 선생에게 넘겼다. 역시 첫날 보다 두려움이 덜 했다. 이렇게 셋째 날, 넷째 날, 다섯 째 날을 긴장 속에서 두리번거리며 연수를 받았다. 조수석에 브레이크가 있어서 안심

해도 좋으련만 두려워 떨며 핸들에 매달렸다. 어쩌다 김 선생이 방향을 바꿔주려고 핸들에 손을 대면 어찌나 힘을 쓰는지 도대체 움직이질 않는다며 나이 먹은 학생에게 면박을 주었다. 그럴 때마다 나는 바보스런 웃음으로 무참함을 넘길 수밖에 없었다. 잠시 휴게소에서 쉬게 되면 간단한 간식과 음료를 나누는 시간을 가져야겠다고 준비해 가지고 가서는 까맣게 잊어버리고 아파트 앞에 돌아와 김 선생에게 건네곤 했다.

김 선생은 내 나이가 궁금한 모양이었다. 자제분이 몇 살이냐는 둥, 몇 살에 출산하셨느냐는 둥, 표시나지 않게 속셈을 하고 있었다. 내가 속 시원하게 나이를 말했더니 단박에 대단하시다는 감탄사를 연발했다. 내 생각에도 대단한 것 같았다. 끊임없이 지구는 돌고 있는데. 자전과 공전을 반복하고 있는데, 그 지구 위에서 또 네 바퀴를 돌려 왼쪽으로 오른쪽으로 달리고 멈추고 되돌아오는 것이 대단하게 느껴졌다. 좁은 주차공간에 차를 세울 때는 자동차 꽁무니에도 눈이 달려 있어서 경보음을 내 주는 것이 도움이 되어 신기하게만 느껴지던 후진주차를 할 수 있게 되었다. 조수석에 브레이크가 달린 연수 차량은 양반이었다. 조수석에 브레이크도 없고, 김 선생도 없고, 남편도 타지 않은 나의 애마 빨간 꼬마자동차를 몰고 첫 출근을 하는 팔월의 첫날, 엉금엉금 아파트 지하주차장에서 나와 우회전, 좌회전으로 쌍용대로를 거쳐 두정동, 천안공대 앞, 농심 메가마트 앞, 직산을 지나 목적지 성환읍에 도착하니 나도 이제 보통 사람처럼 느껴지고 신기하기 짝이 없었다. '뿡!' 자동 잠금장치를 누르고 허공에 키를 던졌다가 휘파람을 불며 가볍게 되받아 보았다.

언젠가 주일미사를 마치고 남편은 오찬모임에서 술을 권하는 분께 곧 차를 운전하고 처가에 가야한다는 이유를 말하며 사양했는데, 자매님이 운전을 하면 될 게 아니냐고 말했단다. 남편이 아내는 운전을 못한다는 평범한 사실을 말했는데 술을 권하던 그 분은 정색을 하며 말했단다.

"그 자매님이 못하는 것도 있었네요."

내게 너무 많은 점수를 준 그 분이 고맙기보다 보편화 되어있는 것 같은 자동차운전을 못하는 것이 새삼 거북살스러웠었다. 여럿이 모여 맛난 음식을 나눌 때는 대개 술이 따르기 마련인데 음주와 가무를 즐긴 후에 돌아가는 차편을 운전하는 일이 부담이 된다. 술을 못 마시면 운전을 잘하던지, 운전을 못하면 술을 잘해야 한다는 회식자리에서의 '네맘대로 원칙(?)에서'도 나는 번번이 낙제 점수였다.

이제야 비로소 기동력을 갖추고 살아가게 되었다. 늦었다고 생각할 때, 그 때에 시작해도 늦은 것은 아니라고 했다. 어느 노인이 70이 되었을 때 치아가 부실했어도 얼마나 더 살겠나 싶어서 치료하지 않았었는데 지금 90의 나이가 되었다고 회고하던 티비 화면을 본 적이 있다. 평균수명이 길어진 이 시대에 늦은 나이란 없는 것 같다. 늦은 나이에 시작한 운전으로 남편의 옆자리가 아닌 운전석에서 차를 몰고 고향에 가서 텃밭에서 솎은 열무로 김치를 담가 싣고 오는 요 재미는 정말 곰지다.

제3부

작은 나사못이 되어

1

작은 나사못이 되어

가르치는 일은 내가 공부하는 일이며 내가 걸어 온 길을 돌아보는 일이다.

보산원초등학교는 내가 어릴 적에 다니던 초등학교와 교정이 무척 비슷해서 보산원의 아이들과 친근감을 갖게 되었고 동류의식을 느끼게 했다. 나는 논밭이나 야트막한 산에 둘러싸인 동네에서 자라 행동반경이 좁았고 시청각적 교육의 자극이 없었다. 나의 편협한 경험은 다른 누군가에게 미리 깨우쳐주면 귀한 보약이 될 수 있다고 생각했다. 공주교육연수원에서 연수한 '관념화 교수 지양, 창의성 고양, 자율학습 유도' 거창한 내용을 맘속에 새기며 새 학교의 신입생마냥 들뜬 마음으로 출근을 했다.

보산원의 아이들 중에서 뒤쳐진 아이들을 따뜻하게 이끌어 다른 아이들과 발맞춰 나갈 수 있도록 성심껏 돕기로 다짐했다. 급하게 서두르지도 말며 한없이 느슨하게 할 수 없다고 느끼며 유명한 동화 '바람과 해님'을 떠올렸다.

아이나 어른이나 새로운 만남은 늘 기대가 되는 신선한 충격이다. ○상이와 ○다도 나를 그렇게 맞이했다.

"선생님하고 공부하니까 참 좋아요."

"선생님하고 공부하니까, 시간이 금방 지나가요."

"가슴이 답답했었는데 안 그래요."

아이들은 갖가지 표현으로 나를 반겨주어 기쁘고 다행이었다. ○다는 5학년인데 덧셈 뺄셈을 손가락으로 하는 정도의 수학실력을 제 궤도에 올려놓으려면 오래오래 '해님'이 되어야겠다는 짐작을 하게 되었다. 수학 머리가 좀 부족한 ○주는 모르는 걸 끝까지 질문하여 해결하려는 자세가 신통하지만 곧 잊어버리거나 응용력이 부족하니 안타깝다. ○상이, ○희는 이해력은 좋으나 꾸준히 노력하지 않거나 다소 산만하니 그것만 도와주면 성적을 올릴 수 있을 것 같았다. 학력수준이 각기 다른 아이들을 데리고 한 교실에서 수업하는 일은 유능한 교육자도 힘들 것이기 때문에 보조교사가 필요하다는 걸 실감했다. 대개 그렇듯 성적이 낮은 아이들은 산만하고 집중력이 떨어진다. 발 하나는 책상 다리에 걸치고 하나는 의자 밑에 꼬고, 오른 손은 부

자연스럽게 연필을 잡고 왼 손은 턱을 고이고, 자세만 보아도 학습에 적극적이지 못했다. 달래기도하고 큰소리를 쳐보다가, 교회를 다니는 녀석에겐 하느님을, 교회에 다니지 않는 녀석에게는 그의 아버지나 어머니를 교실에 불러 기도를 하기도 하면서 학습을 했다.

"하느님, 그리고 ○○ 아버지, ○○ 어머니 이 교실에 오셔서 저희가 공부하는 동안 딴 생각하지 않고 집중할 수 있도록 저희를 지켜주소서. 아멘!"

○다는 아주 진지했고 ○상이는 킥킥거렸다.

아이들은 자주 자세가 불량하여 컵에 물을 가득 담아 실연하며 설명했다.

"자, 봐라! 여기 가득 찬 물 컵을 탁자 위에 반듯하게 놓으면 그대로 있지만, 이렇게 기울면 아까운 물이 쏟아지지 않느냐? 너희의 몸은 너희의 귀한 생각을 담는 그릇이다. 올바른 자세로 공부해야 효율적인 학습을 할 수 있고, 좋은 생각을 오래 간직할 수 있다."

아이들은 교실 바닥에 흥건히 고인 물을 바라보며 숙연해지는 듯하더니 이내 낄낄거리며 천천히 자세를 고쳤지만 오래 가지 못했다. 반복하여 말하니 잔소리가 될 수밖에 없었다.

공부에 왕도는 없다. 의식을 자극하여 무의식의 세계로 안내하는 일, 처음에는 이해하고 다음으로 이해한 것을 숙달하도록 반복학습을 하여 내 것으로 만드는 끊임없는 노력만이 있을 뿐이다. 새로운 것을 아는 기쁨만으론 부족하다. 서툰 것을 숙달하여 능수능란한 경지에 이르는 것이 공부다, 그러나 늦되는 아이들은 반복학습을 쉽게 지루해 하며 소홀하게 된다.

신께서 각 사람에게 각각의 특기를 준 것은 공동생활의 이익을 꾀함이라고 했다. CEO가 되겠다는 O다, 축구선수가 되겠다는 O희, 치과의사가 되겠다는 O주, 소방관이 되겠다는 O상이가 그 목표를 이루려면 어떤 노력이 필요한지 구체적으로 알아보는 성숙한 녀석들의 모습을 보려면 더 오래 기다려야할 것 같다. 달리 할 일이 없어서, 어쩔 수 없어서 하는 게 아니라 이 일이 좋아서 하는 아이들이 선택한 세상이 열렸으면 좋겠다. 한국의 미래를 이끌 녀석들을 위해 교장선생님, 담임선생님의 노고에 더해 인턴교사까지 동원되었으니 분명히 아이들에게 기회가 될 것이다. 4학년 읽기 책에 나오는 '증기기관차 미카'에서 "나사못 하나가 기관차를 달리게도 하고 멈추게도 하지요"한 것처럼 작은 나사못 하나의 존재를 가벼이 간과하지 말자고 스스로를 다독거린다. 인턴교사의 충실한 협력으로 더없는 효율을 낼 수 있길 기대하며, 나는 어쩌면 작은 나사못일 수도 있는 인턴교사직을 기쁜 맘으로 성실하게 해 나가고 있다.

2

회초리 뽀뽀

한낮에 출근하면 빈 교실에 갇혔던 햇볕이 반갑게 맞이한다. 햇볕의 심심함이 환한 미소로 따사롭게, 살며시, 내게로 전염되는가싶다가도 금세 밀려오는 아이들의 소란으로 잠깐의 느슨한 평온이 날아간다. 왁자지껄한 수다와 거칠고 총총한 발자국 소리가 교실로 썰물처럼 밀려오고 다시 하루가 팽팽해진다.

학교 앞에서 몇 발짝 되지도 않는 여기까지 오는 중에도 아이들은 입씨름을 하느라 서로 다치고, 넘어지고, 골내고, 삐지고, 깔깔거리고, 천태만상이다. '사람이 꽃보다 아름답다'고 했던가, 더구나 아이들은 시들지 않고, 지지 않는 꽃이다. 그 애들은 샐쭉 토라졌다가도 금세 환한 웃음으로 피어나는 꽃이다.

좀처럼 수그러들 기미가 없는 녀석들의 찬란한 소란을 진정시키려면 내 목소리는 차츰 고음이 되고 더러는 도구의 필요성을 느끼기도 한다. '미운 놈 떡 하나 더 주고, 고운 놈 매 하나 더 준다'는 어른들의 말씀과 함께 회초리를 떠올리게 된다.

"회초리 뽀뽀를 원한다는 말이지?"

아이들은 슬금슬금 자리에 앉고 교실 분위기는 서서히 진정되곤 했다.

나는 내가 낳은 나의 아이나 세상의 우리들의 아이나 같은 마음으로 더불어 키워야한다는 성모님의 큰사랑을 실천하려고 노력한다. 세상의 우리 아이들은 내 사위도 되고 내 딸도 되어 다시 한 가족이 될 수 있다는 큰마음으로 살기를 늘 깨우치는 성모님을 닮으려고 기도하며 노력한다. 내 아이들이 어렸을 때도 그러했다. 내가 내 속으로 난 아이지만, 하느님이 내 몸을 빌렸을 뿐이고, 아이는 세상이 필요해서 하느님이 창조하신 생명으로 받아들이려고 성모님의 마음을 자신에게 속삭인다. 고백하건대 사실은 교회에서, 가정에서 기도할 때나 자신에게 각성시키는 일이었고 종종 속 좁은 이기심에서 벗어나긴 어려웠지만 기본 생각은 성모님의 큰마음과 함께 한다.

내 아이를 가르치기 위한 목적으로라도 사람이 사람에게 고통을 준다는 것은 그리 바람직하지 않다. 올바르게 가르친다는 미명 아래 교사가 제자에게 체벌을 가한다는 것, 사랑한다는 이유로 부모가 자녀에게 회초리를 든다는 것, 다 불행한 일이다. 난 아이들을 내 힘으로 아프게 하고 싶지 않다, 되도록 다정한 말과 긴 설득으로 아이들을 이해시키려고 노력한다. 그럼에도 불구하고 아이들은 어른들의 가르침을 미처 이해하지 못하고 잘 따라오지 않으며 어긋난 행동을 한다. 저 아이들이 먼 길을 돌아 다시 이 길로 돌아와 제자리에 설 줄은 알지만 성급한 어른, 나는 먼 길을 도는 시간을 아껴주고 싶은 욕심에 목소리를 키우고, 그도 모자라 회초리로 엄포를 놓는다.

"알았어요. 할게요!"

수없이 반복되는 습관 된 표현들로 아이들은 이제 면역이 생기고 공식이 되다시피 되었다. 나는 내 나름의 '회초리 뽀뽀'라는 별명의 처방으로 흩어진 아이들을 다잡고 있는데 아이들은 뽀뽀라는 말만으로도 "으, 변태!"를 외치며 고개를 내두른다. 잘한 상으로 얼굴에 진짜 뽀뽀를 해 주고, 열심히 하지 않은 녀석들에겐 회초리가 엉덩이에 뽀뽀를 해 줄 것이라고 했더니, 아이들의 신경질적인 괴성이 천정을 찌른다. 그리하여 난 자주 회초리를 들고 허공에 뽀뽀하는 헛손질을 하게 되었다. 어떤 녀석들은 학교에서도 내내 공부했고 집에 가서도 숙제를 해야 하고 학원에서 또 공부해야한다고 투덜거린다. 그들의 하소연을 듣다가 나는 말이 막혔다. 사실 너무 많은 욕심을 내는 학부모가 있기 때문이다. 욕심쟁이 부모들은 자신의 아이들이 더 많은 능력을 키워 이 사회에, 이 국가에 공헌하기를 바라는 큰마음을 가졌다면 욕심을 조금은 덜어내면 좋겠다는 생각을 하게 된다. 세상물정 모르는 숙맥 같은 소릴 한다고 외면할지 모르겠다. 아이들이 아이들답게 운동장에서 뛰어놀고 산에 오르며 머리와 가슴이 함께 커서 따뜻한 가슴으로 글을 써서 생각을 키우는, 잠재의식을 키우는 학습이 이루어졌으면 좋겠다. 그런 면에서 요즘 교육이 논술에 초점을 맞추는 것은 외국에 비해 좀 늦었지만 참 반가운 일이다.

하느님이 세상 사람들에게 각각의 능력을 달리 주신 것은 공익을 위한 것이라고 했다. 거대한 세상에는 작고 하찮은 것도 없어서는 안 될 필요이기 때문일 것이다. 작은 부품 하나만 없어도 제대로 돌아갈 수 없는 기계에서 세상의 축소판을 이해할 수 있겠다. 우리는 전면에 보이는 큰 부품만을 선호하고 있는 것은 아닌지 모른다. 큰 부품이 될지, 보이지 않는 작은 핀 하나가 될 지는 선택의 문제로 남겨 두어야 할 일이다. 크고 작은 것은 눈에 보이는 크기이지 역할의 크기는 아니기 때문이다.

공부보다 수다 떠는 일이 즐거운 저 녀석들, 학이시습지불역열호學而時習之不亦說乎를 언제쯤에나 깊은 가슴으로 느낄 수 있을까? 그 뜨거운 느낌으로 무릎을 치는 날, 저들은 이미 몰라보게 훌쩍 컸을 것이다.

3

정

아직은 쌀쌀한데 미라초등학교 교문 앞에 봄이 왔다. 아니 어떤 아주머니 둘이 노란 봄을 데리고 왔다. 약속이라도 한 것처럼 공부를 끝낸 아이들이 우르르 몰려나와 교문 앞길은 아이들의 물결로 파도치기 시작했다. 실내화 주머니를 빙글빙글 돌리는 아이들, 무슨 급한 일이 있는지 마구 달리는 아이들, 다정하게 두 셋이서 손잡은 아이들, 군것질 가게로 이미 마음은 다 가 있고 건널목에서 자동차의 눈치를 살피는 아이들, 아이들의 수만큼 모습도 가지가지다.

그 아이들 여럿을 사로잡은 건 단연코 어떤 아주머니의 새 봄, 노란 병아리였다. 큼직한 종이상자에서 저희들끼리 노랑덩어리로 뭉쳐있기도 하고, 바닥의 모이를 쪼아 먹기도 하고, 상자 구석에서 목청이 터져라 소리 지르기도 하는 놈들은 아이들의 발걸음을 멈추게 한 햇병아리였다. 옹기종기 병아리들이 모여 있는 것처럼 아이들도 병아리 주변에 옹기종기 모여 들었다. 아이들을 사로잡은 병아리는 나까지 어린 날의 고향집 토방으로 데리고 갔다. 그렇지만 나는 마냥 그 토방에 앉아 따뜻한 햇볕을 쬘 수만은 없었다.

나의 일터, 학원으로 발걸음을 서둘러야만 했다. 로또 복권이라도 당첨 된 듯 의기양양한 얼굴로 아이들이 금세 교실로 들어왔다. 손에는 노란 병아리를 한 마리씩 모시고(?) 개선장군마냥 발걸음이 힘차다. 교실은 온통 양계장이 되었다. 병아리들은 낯선 주인과 낯선 공간이 불편하기만 했던지 목이 터져라 삐악거렸다. 녹차 티백만한 주머니에서 사료를 꺼내 뿌려주니 울던 아기가 울음을 뚝 그치는 것처럼 교실 안이 조용해졌다. 간간이 아기의 옹알이 같은 소리와 아이들의 목소리가 불협화음으로 들렸다. 아이들의 병아리를 창가에 나란히 줄지어 놓았어도 아이들은 병아리를 들여다보고 또 들여다보며 자기 것과 친구 것을 비교하면서 제 병아리를 기억해 두었다. 한참 후에야 아이들은 어제처럼 다시 책을 펴고 연필을 잡았다.

용이에겐 전에 '병아리 사건'이 있었던가 보다. 그리고 살 때는 기억하지 못했던 엄한 엄마의 목소리가 퍼뜩 떠올랐나 보다.

용이는 갑자기 내게 큰 인심을 썼다. 자기의 병아리를 선생님께 선물하겠다는 거였다. 나는 짐짓 사양했지만 슬그머니 반가운 마음이 꿈틀거렸다. 아파트에 살면서 병아리를 키우는 일은 마땅치 않지만 아이들을 핑계대고 잠시 키워보다가 시골에 가져다 주면 되겠다는 생각이 빠르게 떠올랐다.

퇴근하면서 나도 걔들처럼 병아리를 데리고 집으로 갔다. 병아리는 비행기를 탄 것 같은 어지럼증을 느꼈던지 그 특유의 앓는 소리랄까? 옹아리랄까? 하는 소리로 수평을 유지하는 모양이었다. 앞 베란다에 큰 상자를 갖다놓고 병아리 우리로 삼았다. 녀석은 제법 활기찬 몸짓이었다. 모이도 잘 먹고 좁은 공간이지만 힘차게 움직였다. 병아리와 함께 따라온 모이가 곧 바닥이 날 것 같았다. 어릴 적에 우리 집 닭들이 텃밭에 배추잎을 잘 쪼아 먹던 생각이 나서 상추잎을 한 장 줘 보기도 했다. 그러나 그건 무리였다. 아직 이유식도 하지 않은 아기에게 배추김치를 준 격이었는지 모르겠다. 그 앨 들여다보느라 한참을 베란다에 있었다. 식구들이 다 모인 저녁 시간에도 그 앤 우리들 대화의 중심이었고 우리들의 시선을 사로잡았다. 아빠도 딸도 한참씩 허리를 굽히고 고 놈을 들여다보곤, 얼굴에는 그 앨 닮은 노란 웃음을 머금었다. 삼월이라지만 올해엔 유난히 봄이 쌀쌀해서 밤이 되자 그 애가 걱정이 되었다. 이불이 될 만한 헌 옷가지를 찾아다 덮어주고도 밤늦게 또 나와 보고 아무래도 안 될 것 같아 거실로 들여놓았다. 그 앤 한참을 삐악거려서 이웃에게 미안하게 하더니 이내 잠이 들었는지 조용해졌다. 새삼, 병이 나서 보채며 잠 못 이루던 아이를 키우는 것 같았다.

다음날 아침, 그 앤 늦잠을 잤다. 간밤에 낯선 곳에서의 몸살이 심했었나보다. 살그머니 다가가 상자 뚜껑을 열어보니 그제서 부스스 일어나더니 냅다 삐악거리기 시작했다. 그 앨 볕이 잘 드는 베란다로 내보내고 모이를 뿌려주었다. 걘 고 작은 부리로 모이를 콕콕 쪼아 먹고, 또 물을 마시고는 하늘 한 번 쳐다보는 앙증스런 모습으로 나를 사로잡았다. 나는 마냥 그 앨 바라보고 있었다.

"이뻐, 이쁘다. 많이 먹고 쑥쑥 커라!"

"에이, 그러면 안되지!"

"이 녀석이, 너, 혼 좀 나 볼래?"

"안되겠어, 넌 여기 있을 수밖에 없어. 아무데나 똥을 싸면 어떻게 해!"

"자, 발 씻어 줄 게, 옳지!"

아이들이 다 자라 객지에 나가기도 했고, 성인들만 점잖게 사는 터라 특별히 할 얘기가 줄어든 요즘이었는데, 이 녀석이 내 말문을 열어놓았다. 자꾸만 자꾸만 말하게 했다. 수다를 떨게 했다. 녀석에게 자꾸 말을 걸었다.

주말이라 온 식구가 다 모였는데 베란다에서 삐악거리는 병아리가 불쌍하다고 막내가 거실로 들여놓았다. 그 앤 정말 심심했던지, 우리와 함께 거실에 있고 싶었던지, 삐악거리지도 않고, 고 옹아리 같은 소릴 내며 활기차게 나를 따라다녔다. 매끈한 바닥에서 미끄러지는 그 애의 귀여운 모습에 한바탕 웃음을 날리고, 안쓰러워 혀를 차기도 하고, 안아주기도 했다. 이젠 없어진 줄 알았던 저 밑에 있던 따뜻한 마음들이 수면 위로 올라와 우리 식구 모두를 훈훈하게 했다. 내 맘 속에 아직 남아있는 온정이 대견스러웠다. 그러면서 그동안 애완견을 키우는 이웃, 친구들을 곱지 않게 보았었는데, 그들이 우스꽝스러웠는데, 그들을 살금살금 이해하게 되었다.

"어어, 엄마가 널 밟을 뻔 했잖아!"

강아지 엄마였던 그들을 흉보았는데, 어느새 난 병아리 엄마가 되었다. 쬐그만 병아리 한 마리가 나를 무너뜨렸다. 내가 만들어 놓았던 벽을 무너뜨리고 더 이해하고, 더 편안해 질 수 있게 했다.

'눈에서 멀면 마음도 멀어 진다'는 서양 속담이 떠올랐다. 이럴 땐 아이들이 즐겨 쓰는 '애들 말'을 해야겠다.

"눈에서 멀면 마음도 멀어 진다 의 반대!"

'정 들기도 힘들고 정 떼기는 더 힘들다'고 한다. '정 들자 이별이라'고 하고 '다정도 병이라'고 한다. 애써 정들려 하지 않아도 가까이하면 정이 드는 게 우리네 삶이다. 설령 떠날 때는 아플지라도, 정을 두고 가기도 정을 거두고 가기도 버거울지라도, 이미 든 정을 주체할 수 없을지라도, 살아가는 날만큼 정을 쌓고 있다. 미운 정까지도 …

4

대추나무의 봄 그리고 가을

월봉산 초입에 대추나무 한 그루가 있다.

죽은 줄 알았다. 늦은 봄이 되어도 초록의 싹이 나오지 않으니 죽은 나무 같았다. 지난겨울 된추위를 견뎌내지 못했나 싶어 속으로 혀를 찼다. 새봄이 되어 온갖 나무의 새싹이 새의 부리모양으로 뾰족뾰족 돋아나고 있는데, 아직 눈이 녹지 않은 산중에서 잔설을 헤치고 복수초가 활짝 꽃을 피웠다는데, 남녘에는 매화 만발했다는 꽃소식이 전해지는데, 한겨울인 양 벌거숭이로 꼿꼿하게 서서 꿈쩍도 않고 있다. 남쪽 마을 매화의 개화시기에는 그렇다 해도 지척의 매화까지 아주 큰 덩어리로 꽃 대궐이어서 부지런한 꿀벌이 꽃에 다닥다닥 붙어서 열매 맺은듯한데 대추나무만 여전하다. 지난 늦가을 주인의 전지가위로 말끔하게 잘려 차라리 거꾸로 세운 몽당비 같은 모양새 그대로 우두커니 서 있다. 아주 많은 Y자를 세워놓은 것 같기도 하다. 그러니 대추나무는 영락없이 죽은 나무로 보였다. 한낮엔 여름 같은 날씨가 되었는데도 그랬다.

대추나무가 속으로만 콧방귀를 꼈을 것 같다.

"조금만 기다려 주세요. 두고 보세요."

게으름을 부리고 월봉산에 며칠 못 간 사이, 드디어 대추나무에 연초록 잎이 꼼지락꼼지락 피어났다. 그러더니 며칠 후엔 저만치 보이는 초록 잎 사이사이에 스티로폼 가루를 뿌려 놓은 것 같은 자잘한 꽃이 피어났다. 몇 날 잠시 피었다가 한꺼번에 져버리는 다른 꽃들과 달리 오래오래 꽃피고 차근차근 열매를 맺고 있었다. 이른 봄에 예서제서 온 세상을 점령할 듯이, 잎이 나기도 전에 팝콘을 튀기듯이 화들짝 꽃을 피워 사람들을 마구 홀려 놓고는 짐짓 부는 바람에도, 다정한 보슬비에도 하르르 져버리는, 여우같은 지지배 같은 벚꽃 무리와 사뭇 다르다. 초록 잎 속에 가려져 꽃이 폈는지, 어디서 바람결에 잡스런 먼지가 날아와 붙었나 싶을 정도로 쬐끄만 꽃이 다닥다닥 붙어 있었다.

경이를 처음 만난 날은 생각이 참 많았다. 산골 작은 학교에서 마냥 뛰어놀기만 하는 야생마같이 보였기 때문이다. 예상한 대로 야생마는 첫 시간부터 운동장을 몇 바퀴 뛰고 공부하자고 제

안했다. 피아노를 전공한 유명 피아니스트는 컨디션조절을 위해 뜀박질도 안 한다고 했다. 심한 신체활동이 심혈관 활동을 왕성하게 하고 온몸의 신진대사를 활발하게 하는데 아주 미세한 손의 떨림으로 피아노 연주에 지장이 있어서 삼간다고 했다. 피아노 수업은 아니지만 전에 운동장에서 체육수업을 마치고 난 후 다음시간에는 어쩐지 안정감이 없어졌던 걸 기억해낼 수 있었다. 그리고 일요일에 학교생활이나 직장생활을 잠시 쉬면 월요병에 걸리는 현상이 떠올랐다. 이러한 여러 가지 이유로 야생마의 뜀박질제안은 받아들일 수가 없어서 결국 실례를 들어 긴 설득을 하며 달랬다. 수업에 집중을 못해서, 국어시간에는 교과서의 본문을 단 번에 다 읽어내지 못해서 한 쪽씩 번갈아 읽기로 해도 중간에 복도에서 들리는 작은 소리에도 아주 민감해서 귀 밝은 시골집 강아지마냥 시선이 수시로 다른 곳으로 향한다. 이런저런 궁리 끝에 라디오놀이를 해 보기로 했다.

"경아, 요즘엔 티비를 많이 보지만 전엔 라디오를 참 많이 들었단다. 지금도 아빠가 운전하실 때 라디오를 들으시지? 우리 오늘은 라디오 방송을 해 보기로 하자. 경이가 방송국에서 일하는 아나운서가 되는 거야."

라디오 방송을 하려면 집중하고 아주 여러 번 읽어서 말하는 것처럼 자연스럽게 읽어야 한다고 주위를 환기시키고 집중할 수 있도록 새로운 자극을 주었다. 멋지게 녹음해서 집에 가지고 가서 엄마께 라디오를 틀어 드리자고 했다. 성공적이었다. 읽기 연습을 할 때도 더 집중하고 읽어냈다. 휴대전화 녹음 단추를 누르고 읽기가 시작되었는데 전에 볼 수 없었던 착실한 모습으로 잘 읽어 내려갔다. 경이는 진짜 아나운서가 된 것처럼 진지했다. 다음시간을 알리는 종소리처럼 교실문이 열리고 진이가 들어와서 녹음방송을 멈출 수밖에 없었다. 그렇지만 이후 야생마는 차츰 마음을 열어놓기 시작했다. 수업시간을 맞이하는 태도에 변화가 있었다. 수학시간에 여전히 원활하게 계산은 안 되고 이해는 더디어도 해야 하는 것이고 해야겠다고 마음을 다잡는 것을 느낄 수 있었다. 갑자기 실력이 좋아질 수는 없지만 차츰 좋아질 것이라는 희망을 갖고 덧셈 뺄셈을 할 때 손가락을 동원하던 걸 암산하는 발전이 있었다. 종종 운동장을 몇 바퀴 뛰자는 말을 하고 때로는 도서관 소파에서 세 살배기 떼쟁이처럼 뒹굴며 공부하기 싫다는 말을 노골적으로 했었는데 그런 말은 사라졌고 차츰 진지한 표정으로 착실하게 수업에 임하고 스스로 흐뭇해했다.

"선생님, 오늘 저 잘했지요?"

"그래, 참 잘했어. 정말 멋져! 요즘 키도 많이 컸네, 쑥쑥 키가 크는 것처럼 마음도 커가는 중이야! 그렇지?"

경이와 기분 좋은 대화를 나누게 되어 뿌듯했다.

세상 사람들은 다 각각 다르다. 아이들도 다 각각 다르게 태어나고 다르게 성장한다. 모종을 옮겨 심어야 잘 자라는 들깨가 있는가 하면 씨를 뿌린 데서 그대로 자라야하는 참깨가 있다. 봄이 오면 서둘러 일찌감치 꽃피우는 개나리가 있는가 하면 곧 서리가 내릴 즈음에 꽃 피우는 향기 좋은 국화가 있다. 대추나무의 꽃처럼 느지막이 꽃 피우고 오래오래 천천히 열매 맺지만 초가을이 되면 제일 먼저 빨갛게 익어가는 과일이 있다. 대추나무 밑을 지나 월봉산에 오를 때엔 중학생이 된 경이가 생각난다. 천방지축 야생마는 차츰 준마로 커 가고 있을 것이다. 그 애의 가을 대추나무엔 잘 익은 대추가 주렁주렁 열릴 것을 기대한다.

5

숨바꼭질

어린 날의 숨바꼭질에는 늘 아슬아슬한 긴장감이 있었다.

또래들과의 놀이보다 한두 살 더 먹은 형뻘 아저씨뻘과 같이 놀 때가 더 그랬다. 그들의 몸 감추기는 술래를 완벽하게 따돌렸다. 그래서 그들 속의 술래는 외롭고 두렵기까지 했다.

농촌 아이들은 놀이마당도 논이거나 밭이거나 들판, 낮은 뒷산이었다. 숨바꼭질하기에도 가을이 좋았다. 아니 아이들도 농사일이 끝난 가을날에야 맘 놓고 놀 수 있었다. 추수를 끝내고 높다랗게 쌓아놓은 짚단은 아이들의 참 좋은 놀이 기구였다. 그 짚단 덩어리는 숨바꼭질의 은신처가 되기도 하고 차가운 가을 바람을 막아주는 공기놀이터가 되기도 했다. 요즘 아이들의 차가운 철재 정글짐과 달리 푹신하고 냉기 없는 짚누리는 친환경 놀이기구였다. 개구쟁이들은 그 높다란 꼭대기까지 올라갔다가 어른들께 혼쭐나기도 했다. 떨어지면 위험하기도 했지만 그 짚누리를 무너뜨리기라도 하면 큰 공사이기 때문이었다. 가을걷이를 얼추 마쳤다는 상징물인 짚누리는 그 집의 논농사의 양을 재는 척도이기도 했다. 부잣집의 것은 당연히 그 덩치가 컸고 소농의 그것은 텃밭 귀퉁이에 동그마니 움츠리고 있었다.

짚의 노르스름한 색깔 속으로 깊숙이 숨으면 왕겨 냄새, 여물 냄새가 나고 지푸라기의 거친 감촉이 숨막히게 했지만 적군의 공격이라고 있는 듯이 숨죽이고 술래를 속였다.

학원 교실에서 한바탕 소란이 일어났다.

앞에 앉은 성이의 연필을 보고 뒤에 앉은 홍이가 자기 연필이니까 내놓으라고 마구 윽박지르고 있었다. 순식간에 사태가 살벌해져 있었다. 홍이는 어제 엄마가 연필 세 자루를 깎아서 필통에 넣어 줬는데 한 자루가 없어졌다고 눈에 힘을 주고 목울대를 세우고 아주 큰 목소리로 강력하게 주장하고 있었다. 그런 상황에서도 난 웃음이 나와 참느라고 애를 먹었다. 그건 홍이의 우스꽝스러운 표현 때문이었다.

"얌마, 존댓말로 할 때 내 놔아. 존댓말로 할 때 내 놓으라구!"

홍이는 '좋은 말로 할 때 내놓으란' 말을 그렇게 한 것이었다.

어른들이 쓰는 말을 홍이도 써먹어보는 것일 터인데, 험악한 상황인데도 불구하고 나는 웃음이 나와 견딜 수가 없었다.

이에 비해 성이는 눈물만 찔끔거리며 한마디 변론도 하지 못하고 길고 뾰족한 연필을 온 힘을 다해 움켜쥐고 있었다. 그러면서 작은 목소리로 중얼거렸다.

"내꺼야, 내꺼란 말이야."

나는 또 솔로몬이 되어야만 했다. 성이도 홍이도 다치지 않으면서 원만하게 해결해야하는 재판관이 되어야만 했다.

나는 책상 서랍을 뒤적여 보았지만 새 연필이 없었다. 원장님께 도움을 청하여 새 연필 한 자루를 구했다. 그리고 꿩 대신 닭으로라도 일단 사태를 수습했다. 홍이에게는 새 연필 한 자루를 주고 상실감을 채워주고, 성이에겐 친구에게 의심 받은 상처를 잊어버리게 하려고 등을 다독거려 우선 눈물을 멈추게 했다. 그리고 세상에는 똑같은 연필이 많으니까 오늘 집에 가서 성이도, 홍이도 엄마께 말씀드리고 내일 확인해 보자고 했다.

그 아이들이 집으로 돌아간 뒤, 교실에 또 다른 아이들이 자리하고 있는데 전화벨이 울리고 전화선을 타고 홍이 엄마의 목소리가 들렸다. 학원에서 있었던 일을 아들에게서 들은 엄마는 아들의 변론에 말하자면 증인이 되어 확실시하고 있었다. 아들이 선생님께서 연필 세 자루와 지우개를 가지고 다니라고 하셨다고 하여 연필을 깎아 필통에 넣어주었다는 것이었다.

그렇지만 완강하게 움켜쥔 성이의 연필과 성이의 눈물은 풀리지 않는 수수께끼였다. 내가 고개를 갸우뚱거리고 있는데 전화벨이 또 울렸다. 그리고는 다급한 홍이 엄마의 목소리였다.

"선생님, 어쩌면 좋아요? 연필 한 자루가 가방 속에 떨어져 있었어요."

아들이 이제 자기는 창피해서 학원에 못 다닌다고 어떻게 하면 좋으냐고 안달이었다. 난 성이를 바꿔달라고 하여 직접 대화를 나누기로 했다.

"홍아, 연필들이 가방 속에서 숨바꼭질을 했구나. 연필들이 숨바꼭질을 했는데 그것도 모르고 선생님도, 홍이도 연필을 찾지 못했네. 낼 학원에 와서 성이한테 미안하다고 말하고 다른 친구들에게도 연필들이 숨바꼭질 한 얘기 들려주자아. 알았지?"

"네에."

힘없지만 안도하는 홍이의 목소리를 들으며 갸우뚱했던 내 고개도 바로 세워졌다.

숨바꼭질 할 때 너무 완벽하게 숨어선 안 된다. 머리카락이라도 옷자락이라도 짐짓 흘려야 한다.

6

열두 살 꿈

꾸미는 열두 살 소년이다. 꾸미는 몸이 얼마나 잰지 고 작은 다리로 학교 운동장을 달리기 시작하면 금세 출발점에 도착한다. 부산으로 가고, 목포로 가고, 장항으로 가는, 덩치 큰 기차가 요란스런 소리를 내며 천안역에서 출발하여 학교 담 너머를 달릴 땐 꾸미가 달릴 때보다 더 느린 것 같다. 그렇게 꾸미가 쏜살같이 달릴 땐 꾸미가 습관처럼 하던 말도 멀리 달아날 것 같다.

"인생이 그지 같아."

"인생이 그렇게 호락호락한 줄 아니?"

저희들끼리 말장난하는 것 같지만 열두 살 어린이가 하는 말 치곤 너무 무거운 표현 들이다. 어른들의 말을 흉내 내는 것일 수도 있지만, 그렇다고 치더라도 흉내 또한 꾸미의 울타리 안에서 일어나는 일이다. 꾸미의 가족에게 무언가 잘 풀리지 않는 일들이 일어나고 있다는 걸 눈치 채게 한다.

편지 쓰기 대회가 있었다.

꾸미가 편지를 써 가지고 왔다. 요즘 조숙한 아이들이 흔히 쓰는 이성 친구에게 쓰는 편지가 아니었다. 모범생들의 상투적인 표현으로 가득한 부모님께 쓰는 편지가 아니었다. 편지를 받는 이는 새엄마가 될 지도 모르는, 빨리 새엄마가 되기를 바라는 '아줌마'였다. 지금 꾸미는 엄마가 없다. 할머니가 엄마 역할을 해주고 계시지만 엄마가 아니라 할머니일 뿐이다. 꾸미가 쓴 편지를 다 기억하지는 못하지만 대강 다음과 같은 내용이었다.

> '지금은 아줌마라고 할게요. 빨리 아빠랑 결혼하셔서 저희 엄마가 되어주세요. 저도 착한 아들이 될게요. 누나랑 사이좋게 지낼게요. 저는 형만 둘이 있으니까 누나가 생겨서 정말 기대가 돼요. 누나와 사이좋게 지내고 누나랑 친하게 지내고 싶어요. 지금 친하게 지내니까 앞으로도 계속 친하게 지낼 수 있을 것 같아요.'

인생이 그렇게 호락호락한 줄 아느냐는 말을 아무 의미 없는 것처럼, 그저 아이들 끼리 내뱉는 장난스런 말인 것처럼 하는 꾸미의 표현에 자꾸 신경이 쓰이고 무슨 일이 있었는지 궁금해 진다. 아이들 속에서 쉽게 뱉고 아무렇지도 않게 받아넘기고 그렇게 왁자지껄 쉬는시간을 보내는 속에서도 나는 꾸미를 곁눈질하고 있다.

꾸미는 나중에 어른이 되면 행복한 가정을 꾸릴 거라고 했다. 장래 희망이 화목한 가정을 꾸미는 거라고 했다. 엄마 없는 가정생활에 대한 아쉬움을 이보다 더 강하게 표현할 수는 없을 거다. 세상 이치를 다 깨친 것 같은 표현을 해도 애는 애라서 교사나 어른들의 말을 잘 듣지 않고 어깃장을 놓을 때가 있다. 그럴 때 나는 그 애의 희망을 들먹거린다.

"이 녀석아, 그래가지고 어떻게 행복한 가정을 꾸릴 수 있겠어? 늘 열심히 노력해서 능력을 한껏 키워 놓아야지, 행복한 가정을 꾸릴 똑똑하고 예쁘고 착한 짝꿍을 만날 수 있는 거지, 이래가지고 누가 너의 색시가 되어 주겠니?"

녀석의 대답이 걸작이다.

"인생이 다 그런 거죠 뭐, 어떻게 맨날 잘 해요. 잘 못할 때도 있고 잘 할 때도 있고 티비를 볼 때도 있고 까불 때도 있는 거죠. 선생님, 인생이 다 그런 거죠 뭐…"

어이가 없어 할 말을 잃었지만 마냥 말을 잃고 하품 치고 있을 수만은 없다. 지금 공부하기 싫은 것을 꾹 참고 하는 사람과 공부하기 싫으니까 안 하는 사람의 차이는 처음엔 적지만 자꾸 반복 되면 헤아릴 수 없이 커지는 거다. 너희 아빠도 일하기 싫을 때가 간혹 있지만 꾹 참고 일하고 할머니, 할아버지께서도 가끔은 하고 싶지 않은 일이 있어도 가족을 위해, 자신을 위해 일하시는 거다. 나는 소의 귀에 경을 읽었다. '인생이 다 그런 거죠 뭐'라는 말을 했다고 꾸미가 진정 인생을 알 거라고 착각하고 있는 게 분명하다. 컴퓨터백신프로그램으로 유명한 철수님의 글을 칠판에 쓰고 낭독하게 했다. '네 꿈에 도전하라. 본받고 싶은 사람을 정했습니다. 책임을 다했습니다. 항상 겸손하게 행동하고 다른 사람을 존중했습니다. 책을 즐겨 읽었습니다.'

꾸미와 그의 친구들의 저 힘찬 목소리가 가슴 속 깊이 자리 잡아 두고 두고 퍼 마실 수 있는 샘물이 되기를 간절히 바래본다. 요즘 아이들이 대개 그렇듯이 꾸미도 묻지도 않는 말을 스스럼없이 잘도 말한다.

"저를 낳아 준 엄마는 보고 싶지도 않아요. 저를 버리고 가셨잖아요?"

꾸미가 아버지와 엄마를 이해하게 되는 때는 꾸미가 아주 행복한 가정을 꾸렸을 먼 미래일 것이다. 꾸미가 목말라하는 화목한 가정이 꼭 이루어지길 기도한다.

7

가족사진 속 이야기

누군가에게 무언가를 가르치는 일은 참 신나는 일이다. 특히 배우고자 하는 사람이 알고자하는 욕망이 클 때 더욱 신바람이 난다. 오랫동안 초, 중학생을 가르친 경험이 활동하는데 밑걸음이 될 거라고 생각되어 이 일에 뛰어들었다. 그러면서 그들의 용감한 선택이 오래 전 주한 미군을 사랑하여 미국으로 따라갔다가 본처가 있는 걸 알고 되돌아왔다던 동창생이 생각났다.

낯선 타국으로 결혼 이민한 그들이 감내해야 할 문화적 충돌 사이에서 많은 손길이 필요하다고, 각별한 관심을 가져야한다고 양성교육을 받으며 공부하기는 했지만 직접 마주하니 마치 내 딸이 당한 일처럼 마음이 심란하여 내 집으로 돌아와서까지도 그들 생각으로 가득 차 있었다. 크고 무거운 걱정거리들이 있어서 한국어공부에 전념할 수 없는 대상자가 있었다. 그렇지만 나는 한국 땅에서 얼추 60년을 살았고, 시부모님과 시누이들과 동거한 경험이 있고, 아이도 셋을 키워냈고, 전업주부 20년에, 학원 강사로 일하면서 겸업주부로 일한 10년을 보태면 30년 주부 경력이 있고, 음식 만드는 일을 좋아하니까 그들에게 아주 안성맞춤인 한국생활도우미가 될 수 있다는 자부심이 꿈틀거렸다.

'것도몰라'의 아파트로 방문하니 꽤 쾌적한 거실에 상을 펴놓고 기다리고 있었다. 천안시민의 산소통이랄 수 있는 봉서산 자락을 바라보고 있는 아파트의 거실은 신혼부부가 충분히 행복할 수 있는 공간이었다. 벽에 걸린 가족사진이 어찌나 큰지 거실이 갑자기 좁아진 느낌이 들었다. 센터에서 간략한 인적사항을 들었을 때 국적이 캄보디아고 재혼가정이라더니 전처의 소생이 삼남매란 걸 짐작할 수 있었다. 여섯 명의 새 가족이 가족사진을 찍어 벽에 떡하니 걸어놓을 정도면 비교적 원만한 가정일 거라는 기분 좋은 느낌이 다가왔다. 그는 국립국어원에서 발행한 교재를 가지고 있었다. 세 살 난 딸이 어린이집에 다니는데 집에 있을 때는 엄마의 책이 장난감인 모양이었다. 겉장은 너덜너덜하고 군데군데 어지러이 그려 논 색연필 자국이 아이의 손길임을 알 수 있었고 엄마는 통 공부를 하지 않는 걸 눈치 채게 했다.

역시 그랬다. '것도몰라'는 한글을 쓸 줄 몰랐다. 한국에 온지 3년이나 되어 웬만큼 한국어로 소통은 되는데 조사를 다 빼먹은 단어연결식의 대화였고 글로 쓸 줄은 몰랐다. 자국어를 모르는 것 같았다. 그녀는 한국어를 생활하면서 익혀서 그림이나 실물을 보고 이름은 아는데 쓰기를 못했다. 버터 사진을 보고 '빠다'라고 말해서 웃음을 참느라 혼났다. 나는 전에 초등학교 1학년의 지진아 한글 지도를 해 본 경험이 있어서 속으로 중얼거렸다.

'아휴, 된통 걸렸구나! 그렇지만 선생의 맛이란 이런 거지!'

교재 앞부분에 있는 쉬운 단어를 반복하여 읽으면서 쓰게 하고, 옆에서 쓰는 걸 바라보며 천천히 반복하여 읽어주고, 유치원생에게 한글 가르치듯 했다. 그런데도 받아쓰기를 하면 3/10이거나 2/10의 점수였다. 그 때마다 그녀는 자신의 머리를 쥐어박으며 "에이, 그것도 몰라, 생각 없어!"를 연발 했다. 그래서 나만의 그녀의 별명은 '것도몰라'가 되었다. 그렇다고 계속 단어 암기를 하면 흥미를 잃을 것 같아서 대화식 말하기 공부를 병행했다. 이, 그, 저를 공부할 때였다. 벽에 걸린 가족가진 앞으로 가서 "이 사람은 누구예요?" 말했더니 그의 조사 없는 한국어가 쏟아져 나오기 시작했다.

"선생님, 속상해. 나 캄보디아 몰라. 한국 왔어 알아. 남편 한 번 결혼. 달 두 명, 아들 한 명 있어. 속상해. 진짜 속상해!"

하면서 눈물을 흘렸다. 참 딱한 일이었다. 그녀를 꼭 안아 줄 수밖에 달리 방법이 없었다. 그녀의 말을 정리해 보면 남편이 재혼이란 걸 캄보디아에서는 몰랐고 결혼한 후 한국에 와서 재혼 사실을 알았다는 말인 것 같았다. 'ㅕ' 발음, 된소리 발음이 어려운 그녀의 말은 차라리 귀여웠다. 말 배우는 네 살짜리 아기 같았다. 그녀는 걸핏하면 이혼 운운했다. 수도공사, 도로공사 등의 노동을 하는 그의 남편과 불완전한(?) 언쟁을 했을 때 그랬다. 그러면서 세 살짜리 딸에게도 "아빠, 더러워!"라는 심한 말을 하는 때가 있어서 나는 기절할 뻔 했다. 그리고 그가 느끼게 하려고 오버액션을 했다. 그리고 설명해 주었다.

"딸이 아빠를 존경해야 딸도, 엄마도, 아빠도 행복한 거다. 남편이 작업복을 입고 열심히 일하는 건 아름다운 거다. 편안한 집에서 맛있는 음식을 먹고 딸이 어린이집에 다닐 수 있고, 딸에게 입히고 먹일 수 있는 건 아빠의 노동으로 가능한 거다."라는 말을 그가 이해할 수 있도록 각색하여 손짓 몸짓 표정을 동원하여 설명했다. 어쩌다 잠깐 스치는 그녀의 남편에게도 조심스럽게 말했다. 60억 인구 중에 부부로 만나는 이 엄청난 인연을 소중하게 생각하고 서로 위하고 이해하고 도와 행복하게 살아야 하지 않겠느냐고? 남편께선 세상 경험이 많으니 타국에서 온 아내를 더 이해하고 배려해야하지 않겠느냐고? 여자들은 사소한 말 한마디에 상처를 받고 슬퍼하니까 여심을 헤아려 주어 기왕에 만난 부부의 인연을 아름답게 가꿔나가시길 바란다고 했다.

그녀의 남편이 고해성사하듯 천천히 말했다. 수년 전 무척 힘들 때 교회에 나가기 시작하여 힘이 되었고 지금도 새벽기도를 나가는데 자신의 불과 같은 성질이 요즘엔 교회에 나가서 덜 한 게 그 모양이란다. 오십이나 된 새 신랑이 내 말을 진지하게 들어주고 호응해 주니 고맙기까지 했다. 그러는 사이 전반기 서비스가 끝났다.

어제는 8월부터 만난 새 대상자에게 송편 빚기 실습을 했다. 센터 주최로 '추석맞이 송편 빚기' 행사를 했지만 아기 때문에 참석하지 못한 것이 마음에 걸려 쌀 한 됫박을 빻았다. 유난히 마음에 남아있는 '것도몰라'도 불러 같이 송편 빚기를 하고 싶었다. 마침 그녀에게서 전화가 와서 하이톤으로 근황을 전했고 취업했다는 걸 알려 잘 살고 있다는 걸 짐작할 수 있었다. 쌀가루와 송편소를 들고 가는 묵직한 가방에 비해 나의 맘은 날개를 단 듯 가벼웠다. 노란 호박을 넣어 색을 내고, 쑥으로 초록색을 내고, 백미로 익반죽하여 송편을 빚으니 삼색의 조화가 화려했다. 어설픈 모양이지만 찜 솥에서 푹 익은 송편은 반짝거렸고 솜씨 좋은 어머니가 만든 것과 다름없이 쫄깃했다. 만두 같은 모양, 세련된 정통 송편 모양 등 갖가지 모양의 송편이 담긴 큰 접시는 우리네가 사는 세상, 다문화사회를 보는 것 같았다. 그녀들의 한국생활 앨범의 한 페이지가 되었겠다.

8

가르치며 배우며

가르치는 일이 즐거운 일이라고 느끼며 일하고 있어서 참 감사하다. 더구나 내가 좋아하는 우리말, 우리글을 알리는 일이어서 더욱 뿌듯하다. 누군가에게 무엇인가를 가르치는 일은 나 자신이 공부하는 일이다. 이미 잘 알고 있었던 것을 다시 떠올리는 일이고 생각 창고의 가장자리에 있었던 것을 가운데로 자리매김하는 일이다. 학습자가 잘 모르던 것을 알게 되는 변화는 배우는 이와 가르치는 이, 두 사람에게 기쁜 일이다. 그래서 '인생 삼락 중'에 '명석한 제자를 가르치는 기쁨'을 공감한다.

한국어 지도사로 활동하면서 사랑하는 것이 하나 더 늘었다. 그동안 무심히 보고 느끼던 내 나라, 내 문화를 따뜻한 시선으로 보게 되었고 정리하게 되었으며 다른 나라의 문화에 관심을 갖게 되었다. 우주 만물이나 세상사에 이유 없는 것이 없듯이, 일찍이 거기에 그렇게 있었던 자연스런 것들도 그 까닭을 짐작하는 버릇이 생겨서 고개 끄덕이며 이해를 넓히게 되었다.

그들이 많고 많은 사연을 안고 한국으로 시집와서 나와 인연이 되었다. 나는 그들의 선생님이고, 엄마이고, 언니이다. 그들의 베트남 마음, 캄보디아 마음, 필리핀 마음, 몽골 마음을 한국의 말로 표현할 수 있도록 도와주어야 한다. 다른 나라를 배우는 일이 녹록치 않은데도 그들은 참 만만하게 생각한다. 두 번 듣고 한 번 쓰고는 유창하기를 바라며, 잘 모르겠다고 자책하고, 한국어가 어렵다고 엄살을 부린다. 숙제는 내주기만 할 뿐 돌아오지 않는 메아리다. 그럼에도 불구하고 반복해서 학습을 한 결과는 콩나물이 자라듯, 한국어 환경이라는 시루에서 하나 둘 나타난다. 뿌리까지 내린 긴 콩나물도 있고 짧은 콩나물도 있고 겨우 싹이 트기 시작한 콩나물도 있게 마련이다. 어찌 그렇지 않겠는가? 그들은 아내이고, 엄마이고, 며느리이니 언제 책상 앞에 앉아 *빽빽이를 할 것이며, 이어폰을 쓰고 반복 듣기를 하겠는가?

"이제 한국어를 좀 할 수 있게 되었어요."하고 그들이 고백하는가 싶으면, 그들은 취업을 해서 친정엄마의 효녀 심청이가 되고자 한다. 이쯤에선 그들이 자신과 한국가족, 친정가족에 균형 잡힌 관심을 갖도록 조언해야 하고, 한국의 입맛을 배우고 익히도록 권하는 자상한 언니가 되어야 하고, 때로는 한국 음식을 조리하는 친정엄마가 되어야 한다.

그들을 가르치고자 내가 먼저 공부한다. 국립국어원 홈피를 자주 들락거리게 된다. 한국어 교육지도사 보수교육에 적극 참여하고 멀리했던 도서관을 찾는다. 나도 다시 학생이 되어 신선한 충격에 짜릿한 행복감에 빠지게 된다. '학이시습지불역열호學而時習之不亦說乎'를 어린 나이에 깨닫기는 어려운 것이어서 떡잎부터 학자기질이 있거나 늦깎이 학생들이 느낄 수 있는 기쁨이다. 그들이 한국의 아내로, 한국의 엄마로, 한국의 며느리로 튼튼하게 자리를 잡아 "한국 사람 다 됐어" 하는 말을 듣는 내 이웃이 되도록 나는 오늘도 자동차의 시동을 건다. 그들을 향해 달려간다.

* 영어 단어를 외우느라 쓰고 또 쓰고 반복하여 쓰는 암기학습 방법의 다른 이름

9

어제는 바람이 불었다

차창 밖의 풀들이, 나뭇가지들이 광란의 춤을 춘다. 춤을 춘다기보다 오두방정을 떤다. 오월의 초록들이 센 바람결에 사뭇 흔들리고 있으니 어지럽겠다. 산 전체가 해일이 일어난 바닷물마냥 파도치는 걸 보니 우리 땅 한반도의 가까운 어디쯤에 사나운 태풍이 지나가는 모양이다. 센 바람은 비를 좋아해서 으레 많은 비와 동행한다. 비바람은 무시무시한 고성능 청소기 같기도 하고 무자비한 전쟁무기 같기도 하다. 자연과 사람은 심한 상처를 입고 다시 회복하느라 한동안 몸살을 앓게 될 것이다. 이런 날은 일을 마치는 대로 바로 집으로 들어가 창문을 꼭꼭 닫고 있어야 한다. '해와 달이 된 오누이'처럼 단단히 문을 닫고 작은 틈도 보여서는 안 된다. 바람의 무리가 한꺼번에 창문 틈새로 몰려들어 오면 자칫 화를 당할 수도 있다. 뒷동산으로 운동하러 가는 것도 건너 뛰어야한다. 넓은 창문으로 보이는 나무들은 여전히 긴 머리를 풀어헤치고 미치광이처럼 흔들어대고 있다. 나무가 뿌리째 뽑힐 것 같아 더 이상 바라볼 수가 없다.

새 날이 밝았다. 언제 그랬느냐고, 언제 바람 불고 비가 왔느냐고 시침이 뚝 떼고 천연덕스레 활짝 웃고 있다. 우리 집 베란다의 화초들도 덩달아 시침이 떼고 있다. 사실 지척에서 일어난 일이지만 이들은 바람도 비도 알지 못한다. 두툼한 유리창을 굳게 닫아 놓으니 이들에겐 가장 안전한 온실이 되는 거다. 구질구질한 비를 맞아본 적도 없고 센 바람에 숨 막힐 것 같은 일을 당해 본 적도 없는, 그야말로 곱게 자란 온실 속의 화초다. 유리창 너머에서 일어난 심한 비바람을 알 리가 없다.

우리 뒷동산 봉서산으로 향한다. 봉서산 초목들은 어제 종일 샤워했으니 얼마나 개운할까? 얼마나 예쁠까! 고 예쁜 모습을 만나러 우리 아파트 뒷길 서부대로를 건너 산행을 서두른다. 어제의 비바람으로 나무들, 풀들의 몸짓이 처절했던 것을 산 초입부터 알아차릴 수가 있다. 이들의 몸 일부가 길 위에 쏟아져 양탄자를 깔아놓은 듯 초록빛 길이다. 아무렴, 그러면 그렇지! 그렇게 모질게 보리타작 마당의 보릿단 메어치듯 휘둘리고도 온전

할 리가 없다. 이만한 것이 오히려 대견하다. 떨어진 초록 잎보다 나무에 매달린 잎이 훨씬 많아서 온전한 나무로 우뚝 서 있으니 장하다. 운동장에서 철봉에 오래 매달리기 하던 체육시간이 겹쳐 떠오른다. 평소 열심히 운동했던 친구들의 팔 지구력이 월등히 좋았던 것처럼 저 맑은 하늘을 배경으로 푸르게 매달린 초록 잎들은 운동 선수였나 보다. 그토록 무심한 자리개질을 견디고 살아남은 영광의 승리자이다. 늘 보던 푸른 나무이건만 오늘 문득 이 나무들이 위대해 보인다. '초년고생은 사서라도 하라'고 했던가. 그러고 보니 봄에 부는 심한 비바람은 초목들에게 초년고생임에 틀림없다. 초록이라기보다 노랑에 가까운 연초록으로 피어난 잎이 이제 겨우 걸음마를 떼고 푸르다싶었는데 호되게 당한 거다. 분명 어제의 비바람은 이들에게 목숨을 건 큰 수난이었다. 다가올 여러 악천후를 이겨내기 위한 일차 관문이었다. 수시로 닥칠 역경을 무던히 견디어 스스로 겨울을 준비할 때까지 그들은 또 너끈히 이겨낼 것이다.

갓 스물을 넘긴 동남쪽 아시아의 딸들이, 중앙아시아의 딸들이, 더 멀리 남아메리카의 딸들이 한국으로 시집 왔다. 65억이 넘는 많은 사람 중에 한국 남자와 사랑을 해서, 한국 남자와 사랑하려고, 한국 남자와 부부가 되어서 가정을 이루려고 비행기를 타고 왔다. 한국의 신랑과 시댁 식구들과 함께 한국문화 속에서 살아야 한다. 한국말을 모르는데다가 한국문화가 낯설어서 그들에겐 날마다 바람이 불고 비가 내린다. 그들 스스로 비바람 매서운 시집살이에 들어왔다. 부디 태풍이나 폭우가 아니고 보슬비이거나 이슬비이고 하늬바람이고 소슬바람이길 기도한다. 천지만물 우주조화가 그렇게 될 수 없다는 걸 번연히 알지만 나는 그들과의 특별한 인연으로, 그들을 아끼고 돕고 싶은 마음에 하느님께 억지를 쓰는 건지도 모른다. 태풍으로 폭우로 다져진 다음에라야 찬란한 아침을 맞을 수 있듯이, 어제의 비바람을 견딘 후 맞는 오늘 아침의 청명함을 반겼듯이 그들에게도 폭풍우는 반드시 넘어야할 고지일 지도 모르겠다. 어떤 이는 쉽게, 어떤 이는 힘겹게 넘을 테지만 반드시 맑은 날을 맞이하게 될 거다. 가진 것 많지 않아도, 주변머리 없어도 착하고 성실한 신랑과 함께 넘는 고개는 넘을 만하지 않겠는가? 그들은 한국남자를 사랑하기로 했으니, 그들 스스로 택했거나, 가정환경이 그렇게 하도록 옥죄어 왔거나, 한국드라마에 속아 넘어갔을지라도 그들 스스로 비행기에 올랐으니 처음 그 마음을 굳게 다잡아서 더 깊이 사랑하고 더 기쁘게 살아가길 기원하다.

"선생님, 제 남편이 나이가 많아요. 그래서 나중에 일하지 못해요. 지금 열심히 한국어 공부하고 아이를 키우고 나중에 내가 일 할 거예요."

속이 꽉 찬 이런 아내를 맞은 한국 신랑은 참 장가를 잘 든 거다. '마누라가 예쁘면 처갓집 말뚝에도 절을 한다'고 했다. 비행기를 타야만 갈 수 있는 처갓집이어서 자주 가지 못할 테지만 그 남자의 처갓집 쇠말뚝은 먼데서 온 한국 사위의 절을 종종 받겠다.

10

세 잎 클로버 행복

청소년은 아름답습니다. 청소년은 특별히 치장하지 않고 그저 거기 있기만 해도 스스로 발광하는 푸른빛으로 눈부십니다. 자신의 뒤통수를 볼 수 없듯이 자신이 젊을 때는 그 고운 빛을 발견하지 못합니다, 젊음이 기울었을 때에야 비로소 발견할 수 있습니다. 그러나 이 찬란한 시기는 질풍노도의 가슴을 감당해야 하는 시기이기도 합니다. 그래도 생각이 깊은 청소년들이여, 세찬 바람 소용돌이치는 물결도 잠잠할 때가 있으리니 그때를 놓치지 말고 때때로 준비해야 합니다. 청소년기는 인생의 전반기로 앞으로 전개될 수십 년의 시간을 준비하는 기간입니다. 이 세상 어느 누구도 부모님을 선택할 수 없습니다. 하늘의 뜻으로 내

부모님의 사랑을 통하여 이 세상에 태어났고 끊임없이 성장해 나갑니다. 그러나 이 세상에서 자신이 성인이 되어 해야 할 일은 스스로 준비하고 선택하도록 자유롭습니다. 세상에는 많은 사람이 서로 얽히고설켜 살아가는 것처럼 아주 다양한 소임이 있습니다. 일찍이 고대 그리스의 철학자 아리스토텔레스는 인간을 사회적 동물이라고 했습니다. 제 아무리 똑똑한 사람도 혼자서는 살아갈 수가 없습니다. 각기 다른 개인의 소질로 때로는 경쟁하기도 하며 상부상조하면서 살아갑니다.

자동차는 많은 톱니바퀴와 복잡한 부속들이 서로 맞물려 돌아가며 운행되듯이 많은 사람들의 크고 작은 작업으로 거대한 인간세상 공동체가 돌아가게 되어 있습니다. 시각적으로 근사해 보이는 자동차의 핸들이 될 것인지, 화끈한 존재라고 생각되는 브레이크, 액셀러레이터, 타이어가 될 것인지 선택해야 합니다. 자동차에 필요한 것은 휘발유이거나 엔진오일 등 여러 가지 기름도 있습니다. 눈에 보이지도 않는 작은 볼트 너트도 있습니다. 자동차가 움직이는 데에 이 밖의 더 많은 것들은 무엇 하나 하찮은 것이 없습니다. 더 중요하고 덜 중요한 것이 없습니다. 더 잘 보이는 것, 드러나 보이지 않는 것, 모양이 큰 것, 작은 것이 있어서 각기 다른 각자의 임무를 충실히 함으로 자동차라는 편리한 도구는 속도를 가감하면서 움직이고 멈출 수 있도록 상호 작용하는 것입니다. 자동차는 거대한 세상으로 볼 수 있습니다. 세상 공동체가 자연스럽고 힘차게 운행될 수 있도록 크고 작은 부품들이 서로 연결되어져서 맞물려 돌아가야 할 뿐입니다. 이 부품들은 사람들의 힘입니다. 자신이 어떤 역할을 하는 사람이 될 지, 어떤 힘이 될 지를 미리 생각해 두어야 합니다.

음식 만들기 과정에 빗대어 말하자면 음식 재료를 준비하는 기간이 될 것입니다. 어떤 식재료를 준비하여 창고에 넣어 두느냐에 따라 완성된 음식이 달라지는 것입니다. 우리 몸에 좋은 자연 재료로 음식을 만들 수도 있을 것이고 몸에는 다소 안 좋을지라도 겉보기에 예쁘고 입이 즐거운 폼 나는 상차림을 할 수도 있습니다. 또한 건강식이면서도 겉보기에도 멋진, 두 마리의 토끼를 잡는 음식도 있을 수 있겠습니다.

청소년기는 음식 재료를 준비하는 과정이라 할 수 있습니다. 자신의 창고에 여러 가지 육류를 준비해 놓으면 고기 음식을 만들 수 있습니다. 고기 요리를 조리해야 하는데 재료를 준비해 놓지 않았다면 급하게 시장으로 달려가거나 다른 요리를 할 수 밖에 없을 것입니다. 여기서 생각해 볼 것이 있습니다. 반드시 고기요리를 고수해야 하는지 다른 요리도 허용할 것인지는 자신에게 달려 있습니다. 누군가에게는 육식이 최선일 수도 있지만 누군가에게는 그렇지 않을 수도 있습니다. 자신이 결심하기에 달려 있습니다. 처음부터 채소와 과일로 음식을 조리하고자 할 수도 있습니다. 육식보다 채식을 좋아하는 사람일 것입니다. 채식을 좋아해서 선택한 것과 육류를 준비하지 않아서 어쩔 수 없이 채식을 하는 것과는 사뭇 다릅니다. 자신의 창고에 육류도 충분히 있지만 오늘은 채식을 하는 것, 넉넉한 고기에 맛깔스럽게 곁들인 신선한 채소를 즐기는 것, 몸이 반가워하는 균형 잡힌 건강식 등의 상황을 만드는 것은 청소년기에 방향을 결정한 후 부단한 준비에 의해 만들어진다고 봅니다.

청소년 여러분, 꿈은 이루어진다고 합니다. 그러니 반드시 미래를 위한 희망찬 꿈을 설계해 보기 바랍니다. 꿈을 꾸고 준비하고 노력해야 꿈이 이루어집니다. 여러분의 꿈은 헤아릴 수도 없이 많을 수 있습니다. 가까운 곳에서 선배들의 생활에 관심을 갖고 살펴보기 바랍니다. 의외로 아주 근처에서 무릎을 칠 수 있는 위대한 발견을 할 수도 있습니다. 아직 방향을 잡지 못했어도 두려울 것 없습니다. 지금 당장이 아니어도 상관없습니다. 그 많은 꿈을 탐색하기 위해선 많은 경험을 하는 것이 좋지만 누구라도 직접경험을 다 하기 어려우니 책이라는 보물창고에서 찾아보는 게 좋겠습니다. 책 속의 많은 정보들이 여러 가지 형태로 우리에게 다가오니 효과적으로 탐색할 수 있는 기회가 될 것입니다.

행동하는 애국자 유관순 열사를, 조선의 청백리 맹사성을, 세종시대의 과학자 장영실을 우리가 직접 만날 수는 없지만 책에서 그 분들을 만날 수 있습니다. 동시대를 살고 있어도 만나지 못하고 사는 사람들을 책에서 만나 통할 수 있습니다. 그들의 발자취에서 내게 감동이 되는 것도 있을 것이고 흘려버릴 것도 있고 다른 생각으로 심란할 수도 있을 것입니다. 그러다가 문득 누군가에게서 뒤따라 걸을만하다고 생각되는 발자국을, 멘토를 발견할 수도 있습니다.

그리고 더 근사하게 생활하기 위해 조금 더 힘을 내 봅시다. 인생을 사는 데에 세 가지를 갖추면 훨씬 멋진 생활을 즐길 수 있다고 합니다. 하나의 악기를 잘 연주할 것, 하나의 스포츠를 즐길 것, 외국어를 구사하는 것이 그것입니다. 이 셋은 모두 오랜 시간을 투자하고 각고의 노력을 해야만 마침내 얻을 수 있습니다. 굴러가기만 하는 것이 아니라 멋을 낸 자동차를 타는 것과 같은 호사가 될 것입니다. 배고픈 것을 면하기 위한 식사가 아니라 뜻이 통하는 벗과 즐기는 여유롭고 행복한 만찬이 될 것입니다.

네잎클로버는 행운이라고 합니다. 지천으로 깔려있는 세잎클로버는 행복이라고 합니다. 불확실한 행운을 찾아 허송세월하지 말고 곁에 있는 일상이 행복임을 발견하고 깨닫는 지혜로 살아가길 바랍니다.

11

바이올렛 엄마

추운 겨울에 넓은 화분 받침에 심겨진 푸른 잎이 재활용품 모아 놓은 곳에 나와 있었다. 가까이 다가가 살펴보니 아프리칸 바이올렛이었는데 동해를 입었는지 소금을 뿌려 절인 듯, 뜨거운 물에 덴 듯 축 늘어져 있었다. 식물도 생명인데 추위에 그냥 두고 지나칠 수가 없어 반짝 들고 들어왔다. 거실 창가에 두고 물 먹이고 돌보았더니 깨송깨송 깨어나 제법 이파리가 똘똘해졌다. 봄이 되어 앞 베란다로 내놓았더니 햇볕을 받아 제법 짱짱한 화초가 되더니 보라색 꽃을 다복다복 피우기까지 했다. 시원찮은 칠삭둥이를 키워 성혼하게 되었을 때 이런 기분일까? 중병에 걸린 자식을 애지중지 간호하여 다 치료되었을 때 이런 마음일까? 추운 겨울 한 데서 동사할 뻔한 것을 가져와 이렇듯 고운 꽃까지 피우게 된 것을 보니 그 어떤 화려한 꽃과도 비길 수 없는 소중함이 느껴졌다. 게다가 더욱 예쁜 것은 꽃이 피어 쉽사리 지지 않는다는 거다. 이파리 사이사이에서 꽃대가 올라와 피고 또 피고 오랫동안 피어있으니 내 뜰이 오랫동안 곱다.

더욱 신통한 것은 번식을 잘하는 거다. 실한 이파리 한 잎을 떼어 흙에 묻어놓으면, 그리고 잊은 듯 몇 날을 지내면, 고구마 알이 실하게 들었을 때 밭두둑에 금이 가는 것처럼 화분흙에 실금이 가고 앙증스런 초록 잎이 흙을 비집고 나오는 거다. 그리곤 조금씩 조금씩 자라서 초록 잎은 커지고 이파리 수도 많아지면서 제법 어미의 모습을 띠게 된다. 바이올렛을 심는 화분은 확이 낮고 넓은 것이 어울리는데 번식시킨 바이올렛 화분네는 어느새 엄마와 아기가 사는 가족이 되었다. 엄마가 무릎에 치마폭을 펼치고 아기를 안은 것 같이 엄마와 아기는 한 몸으로 화분에서 자란다. 물을 줄 때도 흙이 패여 행여 뿌리가 튀어나올까? 물뿌리개로 주게 되는데 어미 잎은 아기가 너무 뜨거울세라 파라솔이라도 펼친 듯, 온몸으로 해를 가려주듯, 자신의 이파리 밑으로 싹이 나오게 하다가 어느덧 엄마와 아기가 동등하게 자라게 된다. 이 때쯤이면 아이를 키울 때 이유기에 젖을 떼고 더 다양한 먹을 것을 배워야했던 것처럼 묵은 잎을 떼어내고 아기 잎이 혼자의 힘으로 살아가게 해야 할 지를 나는 고민하게 된다. 큼직한 하나의 이파리에 옹기종기 피어난 어린잎은 천상 엄마와 아기다. 아기 잎들이 스스로의 힘으로 튼튼하게 자라도록 하는 것이 새 아기에게 바람직할 지라도 나는 좀 더 오래 그들이 함께 있도록 그대로 놓아두기로 한다. 어쩐지 그 어린잎은 고아가 된 것 같은 느낌이 들기 때문이다. 오래 오래 엄마와 아기를 함께 두기로 한다. 그러다가 어미 잎보다 아기 잎들이 더 커져서 어미 잎을 능가한 것 같으면 본 잎을 떼 내어 준다. 그렇게 하기를 여러 번 우리 집은 아프리칸바이올렛 나라가 되었다. 산에서 주워 온 기왓장에 , 깨진 항아리 조각에, 우묵한 돌에, 플라스틱 화분에, 옹기 화분에, 근사한 도자기 화분에, 바이올렛이 자라고 있고 꽃피울 준비를 하고 있다.

오늘 보니 참 많다. 겨울이 오면 얼지 않게 돌보아야 하는데 집이 너무 좁다. 어서 어서 꽃을 피웠으면 좋겠다. 곱게 피는 꽃, 오래 피는 꽃, 아프리칸바이올렛을 경사스런 곳에 시집보내고 싶기 때문이다.

새 집으로 이사 간 것 못지않게 말끔히 새 단장을 하고 이사 간 그녀에게 꽃봉오리 쏙 올라 온 것을 보냈을 때처럼, 근사한 그림 전시회에 기왓장화분에 터 잡은 꽃을 보냈을 때처럼, 쏠쏠한 수익을 꿈꾸며 사업을 시작한 그에게 보낸 것처럼, 샘나도록 큰상을 받은 그에게 보냈던 것처럼, 또 누군가의 행복한 일에 잔잔한 바이올렛 꽃 화분을 보내고 싶다. 그녀가 “바이올렛 꽃이 활짝 피었어요"라고 말 했을 때 그녀의 얼굴이 꽃처럼 활짝 웃었었다. 그 말을 듣는 내 마음도 활짝 핀다. 이유 없이 누군가에게 꽃을 선물해 보라는 어느 시인의 말처럼 활짝 핀 아프리칸바이올렛 꽃을 선물하고 싶다. 누군가도, 나도, 꽃도 활짝 필 것이다.

12

예방주사

은이가 급한 걸음으로 뛰어 들어왔다.

은이는 조금 전의 민첩함과는 달리 오른손으로 왼팔을 감싸고 잔뜩 울상을 하고 있다. 은이의 호들갑이 귀여워 짐짓 건드리는 시늉을 해 보았다.

"아아, 안돼요. 예방주사 맞았다고요."

은이는 예방주사 맞은 왼팔을 잔뜩 웅크리고 자기 주변에 누구도 얼씬하지 말아야한다는 듯, 삼엄한 엄포를 놓으며 너무 아파서 책가방을 들 수도 없다고 엄살이었다. 아이들에겐 예방주사가 큰 사건이다. 하얀색 가운이 보이기만 해도 몸을 잔뜩 옹송그리고 금세 어찌되기라도 하는 양 공포에 사로잡힌다. 아픔이 크다기보다 하얀 간호사의 가운이나 금속의 바늘에 더 큰 공포를 느끼는지도 모르겠다. 그들이 넘어야 할 하나의 고개인데 그런 작은 고개 여럿을 넘어야만 비로소 하나의 산에 오를 수 있을 것이다. 여러 차례의 예방주사는 큰 짐을 여러 번에 나누어 그 무게를 지고 가는 일이다. 아이들은 간호사의 하얀 가운에 놀라고 따끔한 주사바늘에 또 한 번 질리며 독감이라는 무서운 적을 물리치기 위해 힘을 기르고 있는 중이다.

큰아이가 막 대학에 들어가서 고삐 풀린 망아지처럼 호기심으로 눈과 귀가 열려있을 때였다. 아이보다 한 살 연상인 외사촌 언니에게 빅뉴스가 터졌다. 그녀가 찢어진 청바지를 구매하는 용단을 내렸던 거다. 아르바이트로 모은 귀한 돈을 투자해 딴에는 아주 멋지게 찢어진 청바지를 샀는데 그 다음이 아주 큰 사건이었다. 그녀의 엄마는 그 멋지고 귀하고 꿈인 찢어진 청바지를 아궁이에 불살라버렸다는 사건이다. 그녀와 동시대를 산 사람들을 할퀴고 지나간 가난한 과거는 찢어진 청바지를 패션으로 볼 여력이 없었을 것이 분명하다. 다 해진 양말 사이로 감자처럼 맨살이 나오는 것을 기워 신고 산 세대들은 누더기 빈티지를 유행으로 이해하기 어렵다. 자식들은 그 아픔을 사회책 속의 일화로만 알 수 있었을 것이고 그 속 깊은 아픔은 느낄 수 없는 상상일 뿐이다.

우리 애들은 빅뉴스를 듣고 야단이 났다. 아깝다를 연발하며 아까워 못견디겠다는 듯이 호들갑을 떨며 안절부절하지 못하고 있었다. 아빠는 묵묵히 듣고 나서 다시 하사관이라도 된 것처럼 한 옥타브 높은 목소리로 힘차게 외쳤다.

"우리 딸들은 아빠가 찢어지지 않은 멀쩡한 청바지만 입히겠다. 그 정도 수준은 유지시키겠다. 알겠나?"

아이들은 아빠의 뼈 있는 발언을 알아차리고 일단 그 뉴스에서 빠져나왔다. 그 사건으로 우린 아이들에게 예방주사를 놓았다고 생각하였다.

우리는 청바지를 보면 근면한 노동을 떠올린다. 우리 아버지들의 땀에 젖은 적삼과 잠뱅이처럼 허름한 청바지는 서양 사람들의 작업복이었을 것이다. 처음에는 새 것이었을 청바지를 입고 땀 흘려 일하고 밤에 빨아 널어 아직 덜 마른 옷을 새벽에 입고 또 일터로 나가고 반복하다보니 낡은 청바지가 되어 노동자의 근면한 세월이 밴 신성한 작업복이 된 것일 터이다. 노동의 신성함을 상징하는 아름다운 옷이 되었을 게다. 그러나 어느덧 찢어진 청바지는 패션이 되었다. 새 청바지를 입고 열심히 일하고 단별신사로 견뎌내어 얻어낸 결과로서의 낡은 청바지가 아니라 아예 의류공장에서부터 근면 성실한 세월을 찍어낸 찢어진 청바지가 쇼윈도에 걸려 있다. 땀 냄새를 거세한 청바지가 마네킹의 가늘고 긴 다리에 입혀져 젊은이들을 유혹하고 있다.

젊은이들은 찢어진 청바지를 꿈꾸고 있다. 찢어진 청바지를 입고 운보 찻집 앞 횡단보도를 건너고 있는 저 애처럼 어느 날 자신도 저 헐렁하고 편안해 보이는 찢어진 청바지를 입으리라 꿈을 꾸고 있다. 제 스스로 근면 성실 절약 인내의 세월을 쌓아가려 하지 않고 단번에 땀흘린 세월의 자취까지 사고 싶어 한다. 황금은 노동력을 구매함으로 편안을 주고 지위를 얻음으로 품격을 상승 시키는가 했더니 이제 인고의 세월까지도 대신하려 한다.

마침내 큰 아이가 찢어진 청바지를 사들고 왔다. 아빠가 연 전에 접종한 예방주사의 약효가 소멸된 모양이다. 그런데 이상한 일이었다. 3년의 세월동안 내 눈에는 나도 모르는 사이에 항체가 형성된 모양이었다. 나는 기절할 소리라도 지르련만 그 요물스런 청바지를 딸에게 입혀놓고 '앞태를 보자 뒤태를 보자'며 이도령이 춘향을 보듯 하고 있었고 아이 아빠에게도 항체가 생기지 않았나 싶은 기미가 보이는 것이었다.

"그걸 꼭 입어야겠냐? 임마!"

아이의 이마에 가벼운 꿀밤을 주는 것으로 찢어진 청바지를 허용하고야 말았다. 우리가 그때 아이에게 예방주사를 놓은 게 아니라 오히려 우리 자신이 날마다 예방주사를 맞은 것이었다. 오늘도 티비 화면에서, 백화점 쇼윈도에서, 운보 찻집 앞 횡단보도에서 만난 젊은이들에게서 우리는 예방주사를 맞고 있었던 거다.

제4부

그녀가 씨익 웃었다

1

여기가 거긴가

돌아오기 위해 떠나는 것이 여행이다. 돌아오지 않을 거라면 여행이 아니요, 가출이거나 이민이거나 망명일 터이다. 밝은 대낮에 우리 땅 인천공항에 돌아오니 안혼한 느낌이 드는 것이 이미 내 집에 든 것처럼 편안했다. 잠시 외출했다가 집에 돌아오니 어린 내 아이들이 집안청소를 말끔히 해 놓고 기린 목으로 엄마의 칭찬을 기다렸던 때가 슬그머니 떠올랐다. 아이들의 의기양양한 표정과 다 키운 듯 했던 뿌듯함이 다시 떠올랐다. 가까운 이웃나라인데도, 3일 만에 밟는 고국인데도 내 나라의 익숙한 공기가 금세 편안하게 밀려 왔다.

어디로 떠나는지는 별로 중요하지 않다. 누구와 함께 떠나는지에 따라 여행의 맛이 사뭇 달라질 뿐이다. 천안문인협회 연중행사로 당일치기이거나 1박2일의 국내문학기행을 해 오던 중에 2017년 봄, 해외문학기행을 하자는 편집이사진의 마음이 모아졌다. 회원들의 이런저런 여건을 두루 살펴 최종 정해진 곳이 오사카 나라 교토 일원 가을문학기행이 된 거다. 뜻밖에도 참여회원이 열여덟으로 적지 않았다. 후원회장님과 후원회원 세 분이 동참하여 더 들뜬 마음으로 새벽을 뚫고 인천공항을 향해 리무진버스에 몸을 실었다. 비행기를 탔나 싶었는데 어느새 간사이공항에 착륙했고 아직 아침나절인데 낯설지 않은 일본 땅에서 오른쪽에 핸들이 있는 어색한 버스로 달려 나라시에 있는 동대사로 향했다. 새벽부터 설친 덕분에 하루가 무척 길어졌다.

세계에서 가장 규모가 크고 오래된 목조건물이라는 동대사 앞에서 제대로 감탄을 해 볼 사이도 없었는데 순한 눈빛의 사슴들이 가까이 다가와 매끈한 몸매를 들이밀며 친한 척 했다. 엉덩이부터 내 품으로 디밀던 애들의 모습이 떠올라 입가에 미소가 번졌다. 값 비싼 모피코트를 입은 친구의 등을 만지는 듯이 사슴의 부드러운 털옷을 쓰다듬고 종이를 내밀어 사슴이 씹어 먹는 귀여운 짓을 보며 함께 놀았다. 사슴도 일본인들의 친절을 배웠는지 이방인을 꺼리지 않고 가까이 다가와 친근감을 느끼게 했다. 축소지향의 일본으로만 알았던 그동안의 생각이 동대사 앞에서 무너져 내렸다. 여기가 중국인가 싶을 정도로 큰 규모에 놀라지 않을 수 없었다. 확연히 일본색이 나타나기는 했지만 규모가 워낙 커서 고개를 갸웃하며 감탄사를 속으로 삭였다. 일본은 백제로부터 많은 문화적 영향을 받았다고 역사가 말하는데 이 절 동대사는 통일신라의 영향을 받았다고 했다. 2탑 1본전 양식이 신라양식이라 한다. 이 거대하면서도 정교한 건축예술품을 만드는 데에는 우리의 조상, 그들이 말하는 도래인의 수고가 컸다고 했다. 청출어람이라더니 우리 조상님들에게 배운 기술력을 키워 그들은 전쟁으로 손실된 동대사를 재차 삼차 감쪽같이 보수했다고 한다.

가는 날이 장날이라더니 마침 일본의 연휴가 시작되는 날이라서 가는 곳마다 인산인해였다. 금요일이 일본의 '문화의 날'이라 주말과 연결된 3일 연휴로 그들도 맘 놓고 여행을 떠났던 모양이다. 연전 부산여행에서 국제시장골목에 꽉 찬 인파만큼이나 관람객이 많았다. 동대사에서 나와 다시 사슴공원을 거쳐 남문으로 나오던 중에 다시 만난 귀여운 사슴과 놀며 '세계유산 동대사' 표지석에서 인증샷을 하는 사이 일행을 놓치고 셋이서 남문 주차장을 찾아 헤맸다. 일본어를 모르니 어설픈 영어를 총동원하여 주차장 입구에서 장사하는 남자에게 물었지만 그는 친절하기는 했지만 우리의 말을 알아듣지 못했다. "웨얼이스트래블버스패킹롯?" "사우스게이트버스패킹롯?" 등을 외쳐 보았지만 노점을 놔 두고 도로까지 나와서 손가락질 한 곳은 시내버스 정류장이었다. 동대사의 거대한 기와지붕 위에 양옆으로 달린 금뿔(?)이 보였고 그 앞이 남문버스주차장인 걸 알았지만 입구가 우리나라와는 확연히 다르게 좁아서 여기가 거긴 줄을 짐작도 못했다. 버스가 드나드는 문은 버스 한 대만 간신히 드나들 수 있는 공간이었고 행인의 출입구는 다른 곳이었는데 영 낯설어서 거기가 아닌 다른 문이 있을 거라는 짐작만 했다. 허둥지둥하는 사이에 버스에 도착해야 할 약속 시간을 훌쩍 넘겼다. 셋 중의 제일 젊은 다 시인이 일행의 대장하고 통화를 하고서야 감을 잡았는데 서둘러 입구를 찾는다는 것이 김 수필가와 둘이 재빠르게 움직였고 홀로 남게 되는 1분여 순간이 있었다. 다시 만난 둘은 내 얼굴이 하얗게 질려 있었다고 말해서 다시 화끈해졌지만 재빨리 떨쳐버리고 버스주차장으로 쏜살같이 달려야 했다.

빼어난 자태로 버티고 서 있는 오사카성을 멀리서 바라보니 10여년 전에 갔던 구마모토성과 닮아 있어서 친숙하게 다가왔다. 일본 戰國시대 도쿠가와와 토요토미가 벌인 난공불락의 오사카 전투 역사가 있는 곳이란다. 두 겹의 해자와 높은 담벼락으로 적의 침입을 막기 위한 방어체계를 구축해 놓았는데 현대 건축예술의 시각으로 보아도 훌륭한 평을 받고 있다고 했다. 1583년 도요토미가 명하여 오사카성이 축성되었다는데 여러 차례 소실과 재건을 반복했다고 했다. 우리에게 뼈아픈 상처를 준 주인

공의 거점이 이곳이라니 씁쓸했지만 임진왜란이라는 전란이 일어난 1592년의 일이니, “여그가 원수의 나라여!”하면서도 면세점에서 주섬주섬 일본 상품을 구매했다던 어느 할아버지나, 우리나 무디어진 감정으로 오늘을 살고 있다.

우리나라의 명동거리를 연상케 했다. 도톤보리 강과 주변의 현란한 불빛으로 장식된 상가는 오사카의 얼굴이란다. 마침 넘어가는 해가 일찍 켠 상가의 불빛과 강물의 윤슬과 어울려 환상적인 노을 풍경을 만들어 내는 도톤보리에 일행이 와 있었다. 도톤보리 다리 위에서 그저 바라만 보고 있어도 기분이 좋아지는 순간이었다. 배를 타고 들떠 있는 낯선 이들에게 두 손 마구 흔들어 즐거움을 키워 나눴다. 우리 한국보다 두 배정도 물가가 비싼 것으로 느껴졌다. 쌍용 이마트 옆에 가면 자주 즐기는 타코야끼를 본토에서 맛보기로 했다. 도톰한 문어다리 조각이 들어 있어서 씹히는 맛이 좀 있었지만 역시 짠맛이 강해서 우리동네의 그 타코야끼가 더 맛있게 느껴졌다. 우리는 움직이는 거대한 꽃게 모양의 간판이 있는 다리 위로 다시 모여서 호텔로 향했고 이국의 호텔 로비에서 조촐한 문학연찬으로 글쟁이들의 달뜬 마음을 지그시 진정시켰다.

2

유관순, 그의 오솔길에서

서울은 참 멀었다.

여학교에 다닐 때, 서울 사는 언니를 만나고 돌아오는 길은 더욱 멀었다. 언니와 함께 보낸 짧은 서울 나들이가 살그머니 흔들리는 장항선 기차 안에서 더욱 꿈같았다. 기차는 달리고 멈추고를 거듭하는 사이, 키가 큰 서울 건물들의 오만한 지붕을 뒤에 두고 어느새 낮아진 건물들이 다정스레 기차 안을 기웃거리는 곳까지 왔을 때, 홍익회 아저씨의 구수한 목소리가 들렸었다.

"천안의 명물 호두과자, 따끈따끈한 찐 계란, 김밥 있어요."

아저씨의 호흡 따라 나는 침을 삼키고, 이제 내 집이 있는 예산이 가까워졌다는 안도에 기지개를 켜며 '한참을 더 가야겠네.

천안쯤에 살았으면 좋겠다'는 생각을 했었다.

천안에 살고 있다. 꿈 단지를 한 번 슬쩍 건드렸을 뿐인데 그 꿈이 이루어진 거다. 요즘엔 서울 지하철이 천안까지 연장되어 어떤 이의 우스갯말처럼 '서울특별시 천안구'가 된 기분이다. 지하철 연장운행으로 서울이 훨씬 가까워졌다. 서울이 가까워져서 좋은 것은 마음만 먹으면 서울 가서 서울님들을 빨리 만날 수 있고, 서울 사는 이들이 쉽게 천안에 올 수 있는 것이다. 고속버스는 서울을 더욱 가깝게 한다. 때로는 고속도로 정체로 주차장이 되기도 하지만 그런 특별한 변이 없으면 서울서 떠난 내 몸은 한 시간 후면 천안고속터미널에 도착한 차에서 짐을 챙겨야한다. 고속터미널 앞의 조각공원은 천안의 대문을 大家의 품격으로 격상시켜서, 두고 온 서울을 부러워하지 않아도 된다. 아리리오광장으로 이어진 조각품들과 나무들의 조화는 예술과 자연의 어울림이다. 천안에 오시는 손님을 내가 굳이 마중하지 않아도 거기서 그들이 손님을 맞이한다.

420번 시내버스를 탔다. 종합터미널에선 헐렁했었는데 복자여고 앞을 지나고 천안역에 도착하니 한 무리의 은빛 어르신들이 올라타며 아이들의 나들이마냥 왁자한 소란도 뒤따라 올라타더니 비좁은 시내버스는 숨 막힐 듯 가쁘게 달리기 시작했다. 젊음을 바쳐 일했던, 이제는 뒤로 물러선 은퇴자들의 천안 나들이인 모양이었다. 서울지하철 1호선의 천안 연장 운행으로 생긴

신풍경이다. 서울 어르신들이 복잡한 서울을 벗어나 천안쯤에라도 내려오면 가슴이 트일 것 같기도 하고, 더욱 매력이 있는 것은 전철이 65세 이상은 무료승차라니! 이런 호사가 또 있을까? 게다가 색다른 먹을거리 '병천 순대'가 푸짐하고 따끈하니 금상첨화일 게다. 그 분들이 서울행 전철을 타실 때는 역사와 전통의 천안명물 호두과자로 가족들에게 선물을 하신다니 그 또한 천안나들이의 특별한 맛일 게다. 일행 중 한 분이 '병천 우체국' 앞이 아니라 '병천'에서 내려야한다고 주의를 하시더니 버스는 금세 병천에 도착했고 그 분들은 우르르 내리셨다. 다시 헐렁해진 시내버스는 두어 번 서고 달리더니 '유관순기념관' 앞에서 나를 내리게 했다.

천안 봉명동으로 처음 이사 와서 어디론가 바깥나들이를 하고 싶은 날 이었다. 낯선 천안을 익히기도 할 겸 시내를 돌아다니다가 이정표를 보곤 '천안공원'엘 가고 싶다고 했다.

천안공원은 저세상의 영혼들의 유택이었는데 난 이 세상 사람들의 쉼터로 알았었다. 거기가 어딘 줄 알고 가자고하느냐고 면박을 받았지만 지금 생각하니 그렇게 구박받을 일은 아닌 듯 싶다. 삶은 어느새 죽음으로 이어지고, 산 이는 누구나 죽은 이들과 끈끈하게 연결되어 있으니 '천안공원'에는 특별한 이들만 가는 곳은 아닐 것이다. 조금 먼저거나 조금 나중일 뿐 우린 하늘 공원에 가야한다. 천안은 이 세상 사람들뿐만 아니라 저세상의 영혼들에게도 명당인 모양이다. 요즘엔 성공한 자손들이 부모님의 유택으로 '천안공원'을 택한다고 하니 말이다. 그 때 그 이정표를 외면하고 왔던 곳이 여기 '유관순 기념관'이었다.

먼저 사당에 한걸음에 올라 오늘 다시 분향 재배를 올렸다. 나라의 고난을 내 것으로 품어 안아 결사의 의지로 맞서고 버티었던 거룩한 '유관순'은 나라의 열사요 천안의 자부심이다. 그의 영정 앞에서 한없이 고개가 숙여진다. 그의 거룩함에 하늘이 낮기만 하다. 사당 옆에 샘솟는 옻샘물은 오랜 세월 큰 가뭄에도 마를 줄 몰랐다더니 오늘도 여전히 그 물 넘쳐흘러 사람들의 약수로 사랑을 받고 병천竝川에 보태어질 것이다. 다디단 물 한 조롱을 꿀처럼 마시고 오솔길로 들었다. 유관순, 님이 다녔던 이화여고의 후배들이 그를 기리는 詩를 돌에 새겨 세워놓으니 고샅으로 느껴진 숨찬 우리 발걸음은 더딘 걸음걸이로 잠시 시심을 느껴보게 한다. 그렇게 숨을 고르고 봉화대까지 오를 수 있어서 그 또한 좋다. 오솔길에 뿌려진 색색의 낙엽 중 백미는 노란 솔잎이다. 봉화대서 불을 밝혀 쳐들었던 대한독립의 의지가 붉게 타올랐던 것처럼 저 솔껄에 불을 지르고 싶었다. 솔잎 타는 향기로 찌들고 지친 마음을 사르고 싶었다.

우리 강산 어디나 곱지 않은 데가 없지만, 깎아지른 듯 절묘하고 덩치 큰 명산도 좋지만, 이 오솔길은 참으로 뜻이 깊고도 정답기까지 하다. 나라의 순탄치 못했던 역사를 곱씹을 수 있는 역사 교육의 장이요, 거룩한 님의 구국의 뜨거운 열정을 새겨보며 다시 나라를 의식해 보는 애국의 길이요, 혹은 다정한 이와 손을 잡고 걷는 사랑의 길이다. 천안에 처음 오는 벗이 있어 함께 걷기를 청하면 나는 망서림 없이 이 길로 그를 안내한다.

유관순 열사는 이 고개 너머 병천면 용두리서 1902년에 태어나 이화학당에 재학중에 3.1만세운동이 일어나자 귀향하여 1919년 3월 1일(음력) 아우내 만세 운동을 일으켜 공주감옥에 수감되었다. 1919년 8월 서대문 형무소로 이감된 후 일제의 악독한 고문에 못이겨 1920년 9월 28일 옥중에서 순국하였다. 님의 정신을 후세에 기리기 위하여 1969년 추모각을 건립하고 1972년부터 매 년 순국일에는 유관순열사 추모제 행사가 이곳에서 거행되고 있다. 열사가 거사를 알리고자 봉화하였다는 봉화지와 봉화탑, 님의 생가에는 님을 추모하는 이들의 발걸음이 끊이지 않는다고 한다. 매년 2월 말일에는 봉화제 행사가 거행되고 있다. 야트막한 산자락에서 어찌 그리도 걸출한 인물이 태어났을까? '작은 고추가 맵다'더니 이 작은 동산은 속이 꽉 찬 정기를 뿜어내는가 보다. 저기 저 옻샘물이 예사롭지 않다. 오솔길을 내려가서 샘물 한 조롱을 더 마셔야겠다.

3

그녀가 씨익 웃었다

여행은 계획만으로도 가슴이 두근거린다. 그 두근거림은 거리에 비례해서 서역 유럽으로 떠나기 전 며칠은 더욱 그랬다. 그러나 떠나기 전의 설렘은 비행 서너 시간 만에 무너졌다. 열 시간 넘게 하늘을 날기엔 의자가 너무 좁아서 불편하기 짝이 없었다. 조금씩 자세를 바꿔 보기도 하고 공연히 화장실에도 드나들어 보지만 12시간은 그리 짧은 시간이 아니었다. 깊은 잠에 빠진 사람도 있었고 영화감상에 재미를 붙인 이도 있었지만 그들도 편안치 않은 건 마찬가지일 것이다. 시작부터 산이 높았다.

드디어 밀라노에 내렸다. 역시 우리 땅에서 멀리 떨어진 곳이라 사람도 풍경도 뚜렷하게 달랐다. 긴 역사와 문화를 건축예술에 담아 잘 보존하고 있는 것이 부러웠다. 그도 그럴 것이 그곳엔 대리석이라는 특별한 건축재가 있기 때문이란다. 그들의 하얀 대리석은 채취한 시점에선 건축하거나 조각하기에 알맞은 좀 부드러운 강도를 유지한다고 한다. 로마는 물론이거니와 토스카나 피렌체 베네치아 어디를 가도 하늘 높이 치솟은 성당의 건물은 그렇게 하얀 대리석으로 때때로 로마네스크양식으로, 혹은 바로크양식으로 웅장하고 섬세한 건축예술의 꽃을 피웠다. 그리고 또 몇 년에 한 번씩 벽면 세척작업을 한다하니 오래된 집안을 새로 도배한 날의 산뜻함을 그들은 도시의 건물에서도 느낄 수 있을 것 같다. 이 특이한 건물외벽세척 작업을 우리 한국기업이 따냈다고 가이드가 말해서 '억척 한국인, 별 걸 다 한다'고 생각하면서도 우리의 창의적이고 우직한 노동력이 자랑스러웠다. 그러나 고 대리석이란 것이 마냥 좋기만 한 것이 아니었다. 이탈리아반도 아드리아해의 바닷물 빛이 눈부신 코발트빛인 것은 바다 밑에도 대리석이 깔려있기 때문인데 그래서 물고기가 먹을 플랑크톤이 살 수 없고 물고기 또한 서식하지 않는다고 하니 우리 땅 서해의 바지락 낙지 대합을 기르는 갯벌이 새삼 소중하게 느껴졌다.

세계에서 가장 작은 나라 바티칸시국 로마는 긴 역사가 멈춘 듯이 도도하게 서 있었다. 원형경기장 콜로세움 앞에 서니 세계 사책 속으로 들어간 것 같았다. 그 건축물의 규모에 압도당하여 가까이 다가갈 수가 없었다.

거대한 성베드로대성당은 살아 숨 쉬는 웅장한 박물관이었다. 라파엘로, 미켈란젤로, 베르니니 등 많은 예술가들의 천재성이 결합된 예술품이기도 하다. 성 베드로 대성당의 어머어마한 규모, 엄숙한 구성, 그리고 강력한 권위는 세계 곳곳의 대형 교회와 정부 건물 설계에 큰 영향을 미쳤단다. 부활절에는 베드로의 동생 안드레아의 두개골, 예수님의 사형틀 이었던 성 헬레나의 십자가, 예수님의 주검을 덮었던 성 베로니카 베일, 예수님을 처형했던 성 론지노의 창이 일반에게 공개가 된다고 하니 예수님의 시대가 한 발짝 가까이 다가오는 부활절이 되겠다. 우리 일행이 성 베드로 광장에서 잠시 지친 발을 쉬고 있을 때 광장 한 편에 많은 의자가 놓여 있는 것을 보았다. 다음 날이 우리와 동시대를 살았던 천사 '데레사 수녀의 복자품 시복식'이 있는 날이라고 했다. 역사적인 순간에 동참할 수도 있었는데 한 발 빨랐다.

120년 동안 많은 예술가들이 심혈을 기울여 완성한 걸작임에 틀림없는데 그 오랜 세월 잘 보존하고 있다는 게 더 놀랍다. 지금의 건물은 1506년에 건축을 시작했다는데 그 때 우리 한반도엔 어떤 일이 있었는지 찾아보았더니 연산군의 폭정을 몰아내고 조선 11대 중종이 왕위에 오른 해였다.

청년시절에 '비엔나커피'란 걸 즐겨 마셨다. 향기로운 커피에 연유와 아이스크림이 이룬 보드라운 맛을 좋아했고 이름도 예쁘다고 느꼈었다. 여기 '베네치아커피'를 이르는 말인데 좀 변한 이름으로 우리 곁에 온 것이라고 한다. 이곳은 서서 마시는 커피 값, 의자에 앉아 홀에서 마시는 커피 값, 의자에 앉아 음악을 들으며 마시는 커피 값이 각각 달라서 주문할 때 유의해야 한단다.

카페 플로리안은 이탈리아에서 가장 오래된 카페로 베네치아의 상징 중 하나가 되었단다. 1720년 개업 이후 긴 세월동안 영업을 멈추지 않고 운영을 이어왔고, 베네치아의 지역 주민과 관광객의 명소로 이어져오고 있다니 놀랍다. 카페 플로리안의 오랜 역사와 화려한 이야기를 듣는 것으로 달래고 고속도로 변 슈퍼마켓에서 서서 마신 에스프레소의 진한 향기를 재음미 했다.

물의 도시 베네치아의 이국적 매력에 빠져 내 몸은 물속을 유영하는 것 같았다. 곤돌라에서 감상하는 특이한 건물들 사이로 비극적인 역사는 멀리 띄워 보내고 뱃사공에게 '오솔레미오'를 청해 함께 불렀다. 곤돌라의 물길에도 아주 좁은 골목길이 있어서 건물의 1층이 다 보이는 후미진 곳도 있었다.

유리공예가 발달해 형형색색의 공예품이 골목마다 가득했다. 화려한 펜던트를 골라 뒤집어보니 메이드인차이나였다. 여기도 중국의 저렴한 인건비가 이미 상륙해 있었다. 목걸이 하나 걸었을 뿐인데 베네치아가 더욱 친근하게 다가왔다.

산마르코 성당 앞. 쉽게 들을 수 없는 종각의 종소리가 울려

퍼지기 시작했다. 저 높은 종각에서 꼽추 노인 한 분이 힘겹지만 기쁘게 종을 울려 예수님의 사랑을 뿌려 주는 것 같았다. 휴대폰의 녹음 기능을 꾹 누르고 나의 목소리를 넣었다.

"산마르코 광장에서의 성당의 종소리, 오늘은 이천십육 년 시월 십오일인가, 십육일인가 ,… 일요일입니다."

다시 잘 따져보니 16일 일요일이었다. 며칠 동안 남의 나라에서 패키지일정에 이끌려 돌아다니다 보니 날짜 개념이 뒤엉켰었다.

기우뚱 서 있는 피렌체 피사사탑은 기울어졌기에 더 많은 사람이 찾는 유명한 관광지가 되었을 것이다. 1174년에 착공하여 3층까지 건축했을 때부터 지반이 약해서 기울어졌다는데 이런 저런 대책이 있었다고는 해도 건축을 멈추지 않고 그 상태로 1350년에 완공을 했다니 그들의 호들갑떨지 않는 느긋함은 어디서부터 나온 것인지 심히 궁금했다. 다른 여행자들처럼 나도 기울어진 피사사탑을 일으켜 세우기라도 할 듯한 포즈를 취하고 재밌어하며 사진을 찍었다. 세례당 앞 넓은 잔디는 마침 내리는 부슬비에 더욱 선명한 초록빛을 자랑하고 있었다. 대각선으로 가방을 메고 우산을 들고 폰을 들고 일행의 사진을 찍어주기도 하고 수선을 떠는 사이 내 가방에 눈독 들이는 푸짐한 체격의 여자가 있었다. 그의 손짓을 느끼지는 못했지만 우연히 돌아보았는데 그 여자가 내 가방의 지퍼를 열다가 나와 눈이 마주쳤다.

그런데도 그녀는 당황하거나 미안해하거나 도망칠 기세도 없이 나를 보고 씨익 웃었다. 내 등줄기엔 소름이 돋았지만 나도 그 여자를 따라 웃을 수밖에 없었다. 가이드가 귀에 딱지가 앉을 만큼 가방조심, 여권조심, 현금조심을 강조한 까닭을 진하게 알게 되는 순간이었다. 그녀의 뚱뚱한 웃음을 발견하지 못했다면 대사관 앞에 줄 서 있는 저들처럼 나도 괜한 경험을 해야 했었다.

4

천안역 앞 그 집

천안역은 길목이 크다.

경부선, 장항선, 호남선, 전라선 열차가 이 길목을 냅따 지나가기도 하고, 잠시 머물러 길손을 보내주기도 하고, 맞이하기도 하곤 다시 떠나간다. 어떤 열차는 천안역에서부터 출발하기도 하고 어떤 열차는 천안역이 종착역이기도 하다. 많은 이들이 잠시 머무는 열차 창으로 천안역을 내다보고 가기도 하고, 서둘러 내려 우동 한 그릇을 들이키기도 하며, 손님을 떠나보내기도 하고 먼 길에서 돌아오기도 한다.

많은 사람들의 발자국이 있는 것에 비하면 천안역은 참 초라했다. 지금은 새로 지은 지 얼마 되지 않아 훤하고, 서울로 오가는 전철 손님들의 바쁜 구두발자국 소리와 어울리는 도시의 驛舍 같기도 하다. 천안역 앞 도로는 비좁다. 어떤 이는 한국 전쟁 때 폭격을 맞지 않아 재건이 되지 않아 그 옛날 50년대 이전에 만들어진 도로이기 때문이기에 그렇다고 했다. 天安, 일찌기 하늘 아래 가장 편안한 곳이란 이름값을 했던가 보다. 편안한 것이 항상 좋은 것만은 아니라는 말하기 거북스런 논리가 먹혀드는 걸까?

천안역 앞에는 그 때 그 시절, 그 時空과 어울리는 집이 있다. 새로 짓기 전의 그 역사와 역 앞 도로와 잘 어울리는 집인데 현대합실에서 승강기를 타고 내려와 좁지만 시내버스가 다니는 도로 쪽으로 난 골목으로 몇 발짝 걸어가면 마주치게 된다. 아주 작고 초라한 집이 '천안의 歷史는 내가 아느니라' 말하는 것처럼 빛바랜 흰색으로 서 있다. 3층이라지만 낮아서 단층처럼 보이는 그 집에는 상호도 일반명사로만 되어있어서 별다른 이름 없이 그냥 '여인숙'이고 '이발소'고 '칼국수 식당'이다. 식당 식단이 밖에 내걸렸는데 바지락칼국수, 팥칼국수, 해장국, 김치 칼국수, 사골해장국, 밥, 죽이란다. 발이 쳐 진 이발소 벽에서 나온 연통이 벽에 찰싹 붙어서 겨울을 준비하고 있었다. 지난 겨울을 난 것인지 양철 연통의 윤기는 사라지고 없었다. 늘어진 발簾 밑으로 구두 신은 어떤 남자의 바지 가랑이가 왔다갔다 하는 걸 보니 이발한 손님인가 보다. 입구에도 엉성한 발이 쳐져 있는 여인숙은 2층, 3층이다. 말이 2층이고 3층이지 키 큰 사람의 이마를 찧을 것처럼 낮고 허술해서 손님이나 있을까 싶고 여인숙으로 올라가는 계단은 차라리 사다리라 해야 할 것 같이 좁고 가파르다. 건물 외벽의 페인트는 퇴색했고 자물쇠 채워진 LPG통과 비스듬히 기댄 자전거, 추녀 밑에 매달린 무시래기가 오래된 동무처럼 그들끼리 잘 어울린다. 옆 건물의 DVD영화관, 게임방, 약국, 고시원, 학원, 옥상의 대학광고간판과는 헤아리기 어려운 세월의 차이를 나타내고 있다.

그 집 앞에는 화단이랄 수도 없는, 한 평도 안 되어 보이는, 어찌 보면 큰 화분만한 터가 있는데 입구와 통하는 길로 쓰려니 그것마저 셋으로 나뉘어졌다. 그러나 규모는 작지만 여러 가지 식물들이 자리 잡고 있어서 아주 작은 정원이고 식물원이다. 좁지만 얼마나 오래 그 자리에서 살았는지 나무 등걸이 내 팔뚝만한 상수리나무가 도도히 서 있고 날씬한 딸내미 종아리만한 뽕나무, 대추 한 되박은 족히 열렸음직한 대추나무, 대나무, 사철나무, 빗자루 매는 댑싸리, 작은 소나무가 돌담에 둘러 싸여 이름을 다 알 수 없는 일년초와 어울어져 있다. 돌담은 오래 되어 어딘가에 이끼도 자라고 있을 것 같고 어느 한 구석에는 서생원이 기생하고 제 집인 양 행세하고 있을 것처럼 화단과 밀착되어 있었다. 그 집 앞 정원은 작은 섬이다. 도시 속에서 자연을 갈구하는 주인의 정성이 가득 들어있음이 보인다. 그 보다 훨씬 넓은 땅도 잡초 우거져 황량한 곳이 많은데 그 좁은 땅에 온갖 생명을 가꾸는 그 주인장의 부지런한 손길이 퍽 다정하게 느껴진다.

어느 날 심심하고 출출할 때 일부러라도 다시 가리라. 팥칼국수도 좋고 사골해장국이나 죽도 좋을 듯하다. 빛바랜 추억의 앨범 속으로 들어가서 무채색의 음식과 마주앉아 지나간 세월을 반추해 보리라. 그 곳엔 어쩐지 벽에 걸린 괘종시계가 멈춰있을 것 같다. 소리치며 지나가는 무궁화호 열차 곁에 소달구지를 모는 어떤 어르신의 모습을 보는 듯하다.

5

미천골의 여름

어젯밤 늦게 시작한 비는 아침이 되어도 그칠 줄 몰랐다. 그렇지만 비를 핑계로 여행을 포기하지 않는다는 걸 우리들은 서로 잘 알고 있기에 어젯밤 준비한 불룩한 배낭에, 캐리어에 우비를 입히고 출발 준비를 했다.

강남고속버스터미널 앞에 우리들이 4박5일간 애용할 투싼이 기다리고 있었다. 이곳에서부터 내 짝꿍으로 운전수가 교체되고 5일간 쭉 그러하였다. 반포대교 남단을 지나 88올림픽도로를 달려 서울의 동맥 한강을 왼편에 두고 들뜬 드라이브가 시작되었다. 비는 그치고 상쾌한 바람이 불어왔다. 몇 개의 터널에서도 100㎞로 달리는 경춘고속도로를 그야말로 고속으로 달렸다. 차창 밖으로 펼쳐진 진초록의 초목들이 들뜬 우리를 더욱 달뜨게 했다. 널직한 차 안에서 네 사람은 사소한 이야기를 하며 별 거 아닌 일에 깔깔거렸고 그래서 그런지 더 빨리 출출해져서 점심때를 기다렸다. 어느새 점심때가 되었고 홍천의 '착한 막국수 집'에서 메밀국수를 후루룩 소리도 내지 못하고 우아하게 먹었다. 푸짐한 소리를 내기도 전에 메밀국수는 뚝 뚝 끊어지기 때문이다. 진하고 얕은맛에 길들여진 우리의 가벼운 입맛은 집중하고 느껴보아야 알아차릴 것 같은 희미한 구수함을 겨우 찾을 무렵 주인할아버지의 따끈한 메밀차로 국수 대접을 휘휘 부시어 천천히 마셨다. 그렇게 해야 탈이 없단다. 메밀은 찬 성질의 식품이라서 따끈한 국물로 마무리해야 한단다. 티비에서 언뜻 보았던 스님들의 발우공양을 떠올리며 한 끼 사찰 체험(?)을 했다.

강원도 양양군 서면 서림리란다. 메밀국수집에서 출발한 후에도 진록의 산맥 사이를 고속으로 달려 미천골 자연휴양림에 도착했다. 자연휴양림이 생기기 전부터 그곳에 사셨던 ○어르신 댁에서 강원도의 청정 공기를 흠흠거리며 인사를 나누고 어르신의 누이동생 집으로 갔다. 우리가 묵을 민박집이다. 어르신의 누이동생은 양양군에서 운영하는 '해담마을'에서 여름 휴가철에만 일을 하기 때문에 빈집이었다. '해담마을'이 생기기 전에는 잠시 민박을 적은규모로 운영했던 집이란다. 앞산, 뒷산 사이에 미천골의 지류가 흐르고 있었고 텃밭에는 온갖 채소들이 산의 초록을 닮아 있었다.

강원도이니 충남의 산수와는 판이하게 달랐지만 내 고향 집에 온 것처럼 푸근했다. 언니 내외와 함께여서 더욱 친정에 온 기분이었다. 앞산의 초록이 거무스름해질 무렵 집주인이 퇴근했다. 장에 갔다 오시는 어머니를 맞이하는 것처럼 인사를 나누었다. 내 집처럼 편안하게 지내라는 다정한 말과 텃밭에서 오이, 호박, 풋고추, 부추를 뜯어다 먹으라는 넉넉한 인심은 미리 느낀 친정집의 정취를 더욱 확실하게 했다. 준비해 온 진기한 안주와 시원한 맥주는 여행 첫날의 설렘을 한껏 부풀게 해서 앞산과 닿은 하늘을 날고 있었다.

여행 둘째 날이다. 백두대간의 허리쯤인 구룡령에서 갈전곡봉(1,204m)에 올랐다. 장마철을 지난 촉촉한 산길을 걷노라니 태고의 향기가 신비로웠다. 봐주는 이 많지 않은 깊은 숲에 피어 청초하고 고운 빛을 저희끼리 나누고 있었다. 우리들만 보기에는 너무 아까운 모습들이라 발걸음을 멈추고 카메라에, 손전화에 담느라 갈 길이 더디었다. 더위가 기승을 부리는 한여름이고 워낙 경치 좋은 곳이 많은 강원도 양양이라서 그랬을까? 숲속에서 우리 외에 청년들 한 팀만을 만났다. 아침 일찍 민박집에서 준비해서 각자의 배낭에 짊어지고 온 점심은 청정한 숲속 식탁이라서 신선도 부러워할 수라상이었다. 과일과 따끈한 차 한 잔도 빼놓지 않았으니 넘치는 호사였다. 다시 우리들의 애마가 기다리고 있는 구룡령 주차장으로 내려왔을 때 참한 여인이 파는 감자부침과 도토리묵을 안주로 막걸리를 피할 수 없었다. 물론 운전기사는 막걸리 냄새만 맡고 안주로 아쉬움을 달래야 했다. 긴 여름해가 그렇게 저물었다.

셋째 날 아침이 밝았다. 새벽 6시 30분에 출근하는 주인 아줌니는 서둘러 아침식사를 마치고 동네에서 파는 민물고기를 소개해 줬다. 아주 오래 전 천렵을 하는 것처럼 민박집 뒤뜰에서 장작불을 지펴 아침에는 매운탕을 끓이고 점심에는 어죽을 쑤었다. 아침 식사 후 페트병으로 만든 어항을 설치해 놓고 낚시를 하기로 했다. 미천골 계곡물은 거울같이 맑아서 낚시에 걸릴 눈 어둔 물고기는 없어보였다. 내 낚시에 가까이 왔던 물고기가 나를 놀리고 유유히 사라졌다. 그러는 사이 왕초보 낚시꾼은 물고기를 잡기라도 한 것처럼 소리치며 호들갑을 떨었으니 아마도 물고기는 혀를 낼름 내밀며 '메롱'했을 것 같다. 페트병 어항에 기대를 걸어놓고 드라이브를 하기로 했다. 커피를 별로 즐기지 않는 나는 드라이브에 비중을 두고 커피광의 카페방문에 동참하기로 했다. 검색하고 전화문의하고 찾아간 'ㅂ카페'는 우릴 씁쓸하게 했다. 때가 때인지라 가족단위로 몰려온 피서객들은 끼니를 해결하기 위한 갈비탕집 같았다. 간난아이를 업은 새댁부터 나이 지긋한 어르신까지 다양한 손님들의 왁자지껄한 대화로 실내는 소란스러웠고 금세 출입문 앞에 줄을 서기까지 했다. 허탈한 마음을 전에 갔던 내 고향 예당저수지의 맛있고 향기롭고 예쁜 '카페 O'에 갔었던 추억으로 달랬다.

넷째 날 아침엔 좀 일찍부터 서둘렀다. 남설악 주전골에 오르는 제대로 된 산행을 하기로 한 날이기 때문이다. 도도하게 버티고 거기 있는 설악산 남쪽의 앞자락에 오색약수와 탄산온천이 유명한 곳이다. 입구에서부터 주전골의 물은 눈부신 옥빛이었다. 우묵한 너럭바위는 하느님 나라의 잔치가 벌어지기라도 한 것처럼 큰 그릇이 되었고, 옥빛의 물이 철철 흘러넘쳐서 아이 어른 할 것 없이 첨벙거리며 여름을 즐기고 있었고, 보는 이도 흐뭇하고 넉넉해지는 천상의 풍경이 펼쳐졌다. 그들처럼 옥빛 물에서 선녀가 되고 싶은 맘을 달래고 더 높이 오르기로 했다. 윗물이 맑아야 아랫물도 맑다고 했던가, 오를수록 더 맑은 물길은 좀 좁아졌다가는 또 모아지는 선녀탕을 만들고 섬뜩할 정도로 짙은 푸른빛이 수심을 말해주고 있었다. 하늘과 맞닿은 산봉우리에 웅장한 바위와 소나무와 온갖 나무들이 이룬 풍경은 계곡의 물소리와 함께 인간의 영역이 아닌 신령한 기운을 느끼게 했다. 나는 종종 이런 신비스런 풍경에 들면 가톨릭성가 2번을 흥얼거리게 된다. 저만치 뒤쳐졌던 언니가 어느새 바짝 뒤따라 와선 내 허밍에 화음을 보탠다.

날마다 기록을 갱신하는 여름더위도 여기선 쪽을 못 세우고 '강원도의 힘'에 무너지고 만다. 여름엔 역시 강원도다. 그렇지만 마냥 선경에 취해 있을 수가 없다. 온 길을 되짚어 돌아가야 한다. 내일은 가야할 길이 바쁠 테니 양양성당에서 미사를 올리기로 했다. 내 고향 앞마당에 있던 공소 같은 작은 성당이 우릴 다소곳이 맞았다. 객지에서 미사 드리는 낯선 느낌이 신선했고 미사 끝에 본당신부님께서 손님들을 인사하도록 배려한 시간은 흥미로웠다. 양양성당의 신자보다 천안, 서울, 부천, 부산 등에서 온 손님이 더 많았다. 때는 피서철 여름이고, 강원도 양양이었으니 그럴 법하다.

여행의 마지막 날은 예상했던 것처럼 고속도로가 주차장이 되었다. 끝이 보이지 않는 것 같았지만 그래도 서울에 도착했고, 다시 천안으로 돌아올 수 있었다. 여행을 떠나니 기뻤고 돌아오니, 또한 흐뭇했다. 여름여행의 추억을 반추하며 남은 더위를 이기노라면 곧 가을이 올 것이다.

6

소리, 소리들

아침에 눈을 뜨게 하는 소리가 있다.

요일마다 출근 시간이 달라서 아침 시간의 내용이 다르다보니 아침잠이 많은 잠꾸러기는 월, 화, 금요일에는 모닝콜로 안전장치를 해 놓지 않을 수 없다. 새소리가 들린다. 새가 내게 노래를 불러주는 때가 있고 때로는 새가 울어대는 때도 있는데 그 소리가 게으름의 늪에서 나를 깨운다. 내 손전화에는 여러 가수의 노래가 저장되어 있고 경음악도 있고, 국악 연주도 있고, 자연의 소리 효과음 등 많은 소리들이 있다. 내 침대 머리맡에서 나를 흔드는 새 소리도 그 중의 하나다.

아주 먼 날엔 효과음이 아닌 실제 소리가 우리들 가까이에 있었다. 홰에 올라 있던 닭들이 새벽에는 괘종시계인 양 목청을 뽑았을 거다. 그 닭 울음 보다 더 먼저 일어나신 다정한 엄마의 목소리가 한참 뒤에 나를 깨웠다. 사실은 엄마 보다 좀 더 먼저 나를 깨운 소리와 향기가 있었다. 가마솥 뚜껑 여닫는 하이톤의 쇳소리가 있었고 도마에 부딪치는 엄마의 고른 칼질 소리가 들렸었다. 구수한 된장찌개 냄새가 창호지 문으로 솔솔 들어왔었다. 외양간 암소의 되새김질 소리와 한숨 같은 숨소리도 있었고 워낭소리가 청량했다. 정다운 그 소리들을 잊고 산지 오래다. 그 소리들이 듣고 싶어서, 그 냄새가 그리워서 여름여행은 강원도 오지로 떠나기도 한다. 자연의 소리가 있는 곳에서 자연의 향기를 맡아보고 싶었다.

듣기 편안한 자연의 소리가 점점 멀어지고 문명의 소리가 우리들 주변을 꽉 메우고 있다. 자동차 소리, 텔레비전 소리, 금속성의 악기소리, 동네슈퍼마켓의 싸구려 마이크에 실린 호객소리, 신호등 앞에서 위험을 알리는 소리, 오토바이 소리, 게다가 전과 다른, 좀처럼 예뻐할 수 없는, 악쓰는 것 같은 매미소리도 보태어지고 무슨 소리라고 꼬집어 표현할 수 없는 여러 잡음들이 각각의 사이클로 외친다. 도시의 소리는 이런 여러 가지 소리가 겹치고 얽혀서 화음을 이루지 못하니 우릴 피곤하게 하는 소음이다.

도시의 소리를 피해 강원도로 떠나보았다. 강원도 양양군 현

북면 법수치리는 인적이라고는 통 없을 것 같은 원시림 같은 곳이었다. 남설악 등산을 마치고 서둘러 내려와 코발트빛 바다에서 건진 바닷고기를 손질해 달래서 냅다 차에 올랐다. 해는 뉘엿뉘엿 넘어가고 있어도 맘껏 달릴 수도 없는 초행 산길을 더듬더듬 찾아갔다. 막다른 산 밑, 다 왔는가 싶었는데 또 길이 연결되었고 가도 가도 숲인 오지를 겨우 찾아갔다. 움집 같은 아담한 민박이 저만치 보였는데 어쩐지 천장엔 알전구가 켜 있을 것 같은 느낌이었다. 이 깊은 속까지 잘도 찾아왔다. 이미 도착한 다른 손님들은 무언가를 푸짐하게 차려놓고 폭소를 터드리며 숲속을 흔들어 즐기고 있었다. 하늘만 빤히 보이는 산중에도 전깃불이 어둠을 덜어내고 먼 길 온 손님에게 불나방들과 함께 밝은 빛으로 인사했다. 싸들고 간 바닷물고기가 그 어느 횟집의 그것과 견줄 수 없는 환상적인 맛이었다. 단군할아버지와 웅녀처럼 내일 아침엔 서로를 몰라보는 신비가 일어날 것 같았다. 별빛 총총한 하늘 아래 물 흐르는 소리와 풀벌레소리만 깜박거리는 이 깊은 골에서 한 열흘 머물면 신선이 될 것 같았다.

촌스러운 사람이다. 도시에서 일하고 먹고 잠자고 잘 사는 것 같은데, 잘 즐기는 것 같은데, 촌으로 들어가면 편안해지고 즐거워지니 분명 촌놈이다. 이런 첩첩산중의 밤이 좋다. 어쩌다 별똥 떨어지는 소리가 들리는 것 같은 고요가 좋다. 옆 사람의 얼굴도 분명하게 보이지 않는 칠흙 같은 어둠이 좋다. 안방에서 두런두런 얘기하던 젊은 아버지와 선녀 같은 엄마의 나지막한 목소리가 들릴 것 같은 추억으로의 초대이다.

난청 환자가 참 많다고 한다. 노인성 난청뿐만 아니라 젊은 사람들의 난청도 늘었다고 한다. 요즘 스마트폰의 기능이 다양해지면서 거리에서나 버스나 지하철 안에서 이어폰을 귀에 끼운 젊은이들을 많이 본다. 잠시 통화를 할 때만 사용하는 것이 아니라 언제 어디서나 항상 이어폰을 사용한다. 이렇게 장시간 이어폰을 사용하면 소리가 귀 안에서 빠져나가지 않고 고막에 바로 전달되기 때문에 달팽이관의 청각세포가 손상 되는 것이라고 한다. 과도한 이어폰 사용을 피해야 하건만 젊은이들은 당장 증상이 없고 편리하다는 이유로 이어폰을 애용하고 있다. 자신도 모르는 사이 자리 잡은 잘못된 생활 습관이 화를 부른다. 자연스러운 소리와 함께 살기는 어려울 수 있지만 끊임없이 전자음을 귀에 담지 않는 것은 가능하지 싶다. 하나 뿐인 우리 몸은 무엇 하나 소중하지 않은 것이 없다. 특히 청력이 떨어지면 좌절, 우울증, 불안 등이 공통으로 나타난다고 하니 우리 아이들이 더욱 염려된다. 더구나 청력이 약해지면 뇌 크기도 줄어들고 치매위험도 커진다고 한다. 청력이 손상되면 그만큼 말을 덜 하게 되고 소리를 덜 듣게 되기 때문에 그로 인한 자극이 줄어들어 해당 두뇌 부위도 줄어들게 된다고 하니, 장시간 소음에 노출되지 않도록 하는 것이 중요하겠다. 젊은이들은 효율적인 시간활용이라고, 여전히 이어폰을 귀에 꽂고 흥얼거리거나 강의를 듣거나 그 밖의 활동을 할 테니 그들의 귀가 참 피곤하게 되었다.

해가 지고 밤이 깊어지면 어디선가 들리던 풀벌레 소리가 그립다. 그 풀벌레소리를 배경으로 옆집 오빠의 기타소리가 들린다. 고향 마당 풀밭에서 들리던 소리다.

7

주황 주황 주황

다시 아침이 밝아 다이와로이넷 호텔에서 청수사로 향했다. 인구는 훨씬 더 많지만 우리나라의 경주 같은 도시란다. 빗방울이 서넛 떨어져 차창에 그림을 그렸지만 이내 멈춰서 무심한 이는 빗방울 듣는 줄도 몰랐을 것 같다. 일본 특유의 나지막한 건물이 진회색과 잘 어울린다는 느낌이 들었다. 야단스럽지 않은 건물에 아기자기한 그들의 수공예품이 그대로 풍경이 되었다. 그 풍경 위에 꽤 많은 젊은이들이 일본 전통의상을 입고 신식 게다를 끌고 거닐어서 고운 빛깔을 더했다. 친구와 혹은 애인과 전통의상을 입고 사찰 나들이하는 것이 요즘 이들에게 유행인 모양이다. 외국인들이 보기에도 일본색이 확연히 드러나서 여행자에겐 보너스를 받은 느낌이 들었다. 우리나라의 고궁 나들이를 할 때는 꼭 한복을 차려입고 가 보아야겠다는 다짐을 해 보았다. 이 또한 국위선양의 한 방편이 되겠다는 생각이 떠올랐다.

地主神社로 오르는 몇 안 되는 계단을 올라갔다. 두 사랑의 돌 사이를 눈감고 가서 똑바로 마주치면 원하는 사랑이 성사된다는 재미있는 설화 때문일까? 사랑의 돌 앞에 인파가 에워싸고 있어서 선뜻 다가 갈 수가 없다. 그저 멀리서 미소로 바라보기만 했다. 눈감고 체험해 보는 건 꿈도 못 꾸고 다른 많은 사람들도 그 바위에 손을 얹고 재미있는 웃음을 짓고 카메라에 포즈만 취했다. 허기야 이제 와서 무슨 연애를 꿈꾸겠는가?

청수사란 이름은 이 세 갈래 물줄기에서 기인한단다. 왼쪽부터 지혜, 사랑, 장수를 상징하는데 반드시 두 가지만 기원해야지 셋을 다 기원하며 세 줄기 물을 마시면 화를 입게 된다니 욕심을 경계하게 하는 의미가 심오하다. 많은 이들의 기원이 길게 줄서서 우린 멀리서 셔터를 누르기만 했다. 이어진 후시이미나리 신사는 온통 주황색으로 된 도리이인데 도무지 풍경을 감상할 수 없을 정도로 인파가 심해서 옆길로 빠져 나와 풍경 몇 장을 찍고 내려왔다. 신사에 대한 절실한 마음도 이해도 부족할 테니 그러하리라. 주황색이나 다른 화려한 색깔은 다른 무채색 중에 슬쩍 끼어있어야 산뜻한 맛을 주는데 온통 주황색으로 길고 긴 도리이가 연결되어 있으니 차멀미 같은 현기증을 느끼게 했다. 홍일점이거나, 청일점이어야 돋보이는 걸 여기서 또 생각하게 되었다. 마침 나는 밤색 줄무늬 웃옷에 주황색 바지를 입었었는데 '내 바지와 조화를 위해 주황색을 칠했다'는 농담도 큰 웃음을 만들어내지 못했다.

전라도 담양 죽녹원이 이만 못할까만 여기 대나무 숲길엔 대나무보다 사람이 훨씬 더 많아 보인다. 사람과 잘 어울려 사는 게 잘 사는 것일 테지만 사람에 치일 정도로 많은 인파는 감당하기 어렵다. 주중엔 다 같이 일하고 주말엔 다 같이 쉬게 되니 게다가 연휴이니 한국이나 일본이나 마찬가지다. 아라시야마라는 이 대나무 숲은 영화 '게이샤의 추억'을 촬영한 곳이란다. 영화의 힘이 크다. 영화나 드라마 촬영지는 한국에서도 유명세를 타고 있으니 그러려니 해야 할 일이다.

도게츠교[渡月僑]라, 달을 건너는 다리라니! 하늘의 달이 강물 위에 떠 있고 그 위 다리로 건너니 '달을 건너는' 것인가? 달나라 여행을 한 것인가? 멋진 풍경을 보러 놀러 오시라는 것보다 '달을 건너는 다리'라는 이야기를 만들어 붙이니 흥미로워 관심을 갖게 될 것이다. 이게 바로 스토리텔링이지 싶다. 우리의 강릉 경포호에도 달이 다섯이란다. 하늘에 뜬 달, 호수에 잠긴 달, 동해에 비친 달, 술잔에 빠진 달, 님의 눈동자에 어린 달, 이렇게 달 다섯을 노래했다. 엊그제가 보름이었으니 오늘밤에도 아직은 달이 휘영청 밝겠다. 도게츠교에도 경포호에도……

호텔에 돌아와 저녁식사를 마치고 근처 주점으로 몰려 나갔다. 후원회장님이 마련하신 따뜻하고 넉넉한 자리였다. 술을 즐기지는 않지만 일본 사람들의 술집이 궁금하던 차에 발걸음이 가벼웠다. 적지 않은 일행이 주점의 탁자를 차지하고 앉았는가 싶었는데 종업원인 듯한 젊은이가 딸랑이를 심하게 흔들며 실내를 가볍게 달리며 돌았다. 무어라 그들의 말로 외쳤는데 알아보니 각 팀에서 대표가 나와 가위바위보를 하자는 거였다. 최종 우승팀에게 반액할인의 혜택을 쏜다고 했다. 다른 서너 팀 대표와 우리의 대표 후원회장님이 뒤로 돌아서서 공정하게 주점 안의 모든 이가 외치는 "장껨뽀!"에 맞춰 주점의 천정에 닿을 정도로 높이 쳐들고 가위 혹은 바위, 보를 질렀다. 환호성과 함께 서너 판 모두 승리하는 쾌거를 올렸다. 그렇지 않아도 한껏 고조된 이국에서의 일탈의 밤은 어린시절의 놀이 '장껨뽀'로 한 옥타브 높아졌고 각자의 뇌리에는 어린 시절의 친구들을 마음마당에 불러냈을 것이었다. 넉넉한 후원회장님의 마음씀씀이에 '장껨뽀 이벤트'가 공을 세워 감사의 마음에 숨어있던 미안함이 좀 덜어졌다. 햇볕 쨍쨍한 대낮에 있었던 치열함은 어스름한 달밤이래야 노골노골 여유로워진다. 그래서 우리는 도게츠교에 이끌렸고 강릉호에서 노래하며 한가위엔 강강수월래 춤을 추었다.

우리가 살고 있는 아파트의 앞집 아랫집 윗집은 건넌방이나 다름없는 지척이지만 가깝게 지내는 사람은 그다지 많은 것 같지 않다. 좀 떨어진 아파트에 살아도 마음 맞는 이들과 친구가 되기도 한다. 국가 간에도 다르지 않은 듯싶다. 다름을 인정하고 존중하며 상부상조하는 성숙한 이웃나라이길 기원한다. 개인도 국가도 이웃과 원만한 관계를 유지하며 소통하는 것은 아름답고도 효율적인 일이다.

8

구경꾼들

아기는 세상에 온 지 6개월이 되었다.

때로는 그 어떤 노래보다 듣기 좋은 옹아리를 하여 아기가 참 좋은 심신 상태라는 걸 짐작하기도 한다. 대개 배부르게 젖을 먹었거나 푹 잠자고 잠에서 깼을 때이다. 아직은 소리 내어 말할 수 없으니 좀 불편하면 칭얼거리거나, 편안해서 기분이 좋으면 방싯 방싯 웃음으로 표현하는 게 아기가 할 수 있는 최선의 말이다. 아기가 기분이 좋을 때 살며시 미소만 짓든지 까르르 웃든지 웃음의 크기에 크게 문제가 되지 않는다.

"엄마, 나 좋아요."

엄마는 그렇게 아기의 말을 들을 수 있다. 반면 무언가 언짢아서 신호를 보내는 칭얼거림에 재빠르게 대처를 해서 아기의 불편을 해소해 주게 되는데 그러면 언제 그랬냐고 다시 방글거려서 엄마도 덩달아 웃을 수 있다. 그러나 늘 그렇게 그 공식에 맞게 아기의 불편 신호가 해결 되지는 않아서 엄마의 애간장을 태우는 경우가 있기도 하다.

추석 명절이 되어 긴 연휴를 맞았다. 긴 외출을 자주 할 수 없었던 어미는 한 발짝 더 멀리 떠나고 싶었을 게다. 모처럼 여유 있는 시간을 벌어 놓았으니 한 시간 남짓한 곳으로 드라이브겸 나들이를 나섰다. 언뜻 부는 바람에도 가을이 실려 있었고 여름내 작열하던 햇살도 어느덧 더 정성스레 오곡 백과를 살찌우는 따사로움으로 바뀌었다. 유모차에 누워 파란 하늘의 흰구름을 바라보는 아기는 눈이 부셨을 거다. 호수 둘레길을 산책하는 많은 사람들이 풍경은 뒷전이고 목화꽃 같은 아기를 바라보며 가던 길을 멈추고 감탄사와 함께 덕담을 날려 아기의 유모차에 수북이 쌓였다. 저수지 너른 물이 잘 보이는 곳에서 간식을 먹으며 시원한 바람을 쏘이며 아이스크림의 부드러운 달콤함을 만끽하는 동안 아기는 유모차에서 잠들어 차양으로 눈부신 햇살을 가려 주었다.

미호천 물은 진천 농다리를 휘돌아 물거품을 일으키며 흐르고 있었다. 국토해양부에서 주관한 '한국의 아름다운 길 100선'에 선정되었다고 하는데 진천군은 인공 폭포를 만들어 관광객들에게 시원한 구경거리를 하나 더 보태어 주었다. 멀리 언덕에 올라 보면 거대한 지네 한 마리가 꿈틀꿈틀 미호천 물을 가로 질러 초평 저수지로 올라가는 듯이 보인다. 초평 저수지 둘레길을 걸어 나오는 중에 아기가 아주 큰 목소리가 울기 시작했다. 어미가 품에 안고 달래다가 아비가 높이 안고 빠른 걸음으로 인파를 뚫고 앉기 편한 자리에 자리를 펴고 앉았고 다시 어미가 우유를 타서 먹이는 한바탕 소동이 일어났다. 보통은 안아주면 우유를 준비하는 동안은 참아 주기도 했고 졸음이 밀려올 때도 키 큰 아빠의 품에서 흔들흔들 잔잔한 그네를 탄 것 마냥 스르르 잠이 들기도 했었다. 이렇게 긴 시간 고약한 괴성을 지른 적은 없었다. 좀 전까지 생글생글 웃으며 마주치는 사람들에게 팬 서비스를 하던 아기가 아니었다. 함께 걷던 많은 사람들이 덕담을 건네면 파란 하늘의 흰 구름처럼 함박 웃음으로 넙죽넙죽 받으며 유모차 안에서 기분 좋아하던 그 아기가 아니었다. 그 아기가 아니니 관중 또한 아기에게 덕담을 건네주던 그 관중이 아니었다. 그들은 금세 전래 동화 '팔러가는 당나귀' 속의 동네 사람들이었다. 고비 고비 각각 다른 관중은 각기 다른 한 마디의 대사를 던졌다.

"애도 다 속이 있는데 어디가 불편허니깨 저러구 울겄지?"

"에이구, 애가 아직 어리구먼 굳이 이런 델 데리고 오느라구!"

"에효, 집 안에서두, 나와서두 여자는 힘들어! 임신 출산 육아를 모두 여자가 감당해야 허니!"

"에궁, 요즘엔 남자가 더 고달퍼! 밖에 나가 돈 벌어야지, 집에 와서도 살림해야지, 이런 데 와서도 남자가 다 헌다니깨!"

몇 발치 떨어진 곳에서 안타까워하며 걸어가던 두 이모는 다시 동화책을 각색한 연극을 보고 듣고 있었단다.

어리숙한 아버지와 순진한 아들은 당나귀를 팔러 가면서 혼란스러웠다. 아버지가 당나귀를 타고 가다가 정이라곤 당최 찾아 볼 수 없는 아비라고 뭇매를 맞았고 아들을 당나귀 등에 태웠을 땐 그아들이 금세 불효자가 되었으며, 부자가 함께 타고서는 당나귀를 혹사 시키는 몰인정한 이가 되기도 하다가 마침내 당나귀 네 다리를 장대에 묶어 어깨에 메고 가는 우스꽝스런 풍경이 연출 되고 말았다.

구경꾼들은 참 쉽게 말한다. 전체를 다 볼 수 없었으니, 당장 보이는 일부를 보고 말 할 수밖에 없었을 것이다. 동화의 대전제는 '어리숙한 아버지와 순진한 아들'이었으니 그렇다지만, 그렇다고 해도 구경꾼은 남의 일이니까, 내 일이 아니니 그렇게 말할 수 있을 것이다.

작은 나무를 보고 숲 전체를 말하는 사람들이 있었다. 동화 속 동네 사람들 뿐만 아니라 호수 둘레길 위 그길에도,

9

우리를 춤추게 하였다

천안시가 불당동에 새 청사를 우람하게 지었다. 얼핏 보기에 대기업의 본사 건물처럼 덩치도 크고 외관도 수려하여 새 시대의 천안시를 꿈꾸기에 충분하였다. 우람한 시청 건물에는 봉서홀이란 공간이 있어서 시민들에게 때로는 위로가 되고 기쁨이 되기도 하며 일상에서 좀 거리가 있었던 예술을 가까이 끌어들이는 데 성공하였다.

세계 여러 나라를 순회 공연한 명작 명성황후, 그 대작을 봉서홀에 올려 시민들을 황홀경에 빠뜨렸다. 그들은 명성황후에 대해 어렴풋하게 알았었는데, 학창시절 역사시간에 배운, 이제는 희미해진 역사를 재정립할 수 있었다고 흐뭇해하였다. 흘러

간 것은 늘 아쉬움이 남는 것, 특히 우리나라 역사는 안타까움이 크다. 난 그 명작을 놓쳤다.

놓친 고기가 아무리 커도 미련을 떨쳐야 한다. 다시 월척을 꿈꾸어야하기 때문이다. 충남 국악관현악단 공연이 나의 퇴근을 서두르게 했다. 나는 충남 국악관현악단 창단공연 때, 이미 그들의 소리의 향연에 매료된, 사로잡힌 몸이었기에 이 공연을 망서림 없이 만나기로 했다. 자상한 이웃 친구의 배려로 저녁밥까지 그와 멋지게 해결하고 공연이 끝난 뒤엔 걸어올 계산으로 운동화까지 챙겨 신었다. 멋진 공연에는 제대로 갖추어진 정장 의상이 제격이지만 요즘 난 종종 파격을 저지르곤 한다. 그것도 세월 탓이리라.

티켓을 좌석표로 바꾸어 1층 좌석을 찾아 앉았다. 무대와 가까운 자리여서 금상첨화였다.

수근수근, 쿨럭쿨럭, 부스럭부스럭, 관중들이 밝지 않은 조명 속에서 조율하는가 싶더니 무대에서도 스르렁스르렁, 앵앵, 둥둥, 띵뚱띵뚱, 음을 고르기 시작했다. 곧 공연이 시작될 모양이었다.

첫 곡은 관악합주 해령解令이라고 했다. 양악에서의 지휘자, 여기 집박은 시간과 공간을 동시에 자르기라도 하는 듯 단호했다. 그러면서도 다정했다.

"여기 보세요, 이 소리를 들어 보세요, 여기로 오세요."

자상하게 안내하는 듯 했다. 그렇게 멍석을 깔아 큰 마당에 손님을 초대해 앉게 하듯 편안한 우리의 소리가 봉서홀을 가득 채웠다.

멍석위에 또 하나의 품격을 깔아놓은 듯, 화문석 위에 가야금 독주가 펼쳐졌다. '전통에 뿌리를 두면서도 새로움을 추구하는 국악계의 큰 별' 황병기의 가야금 침향무沈香舞였다.

우리는 가끔, 전생에 공주였다고 너스레를 떨어보기도 하지만 내 피 속에 흐르는 평민기질은 숨길 수 없는 모양인지, 도도한 가야금의 선율은 역시 소화하기 어려웠다.

'열정적으로 진행되던 선율이 갑자기 멈춘 다음 이어지는 트레몰로는 이전까지 시도되지 않았던 새로운 연주법으로 피아니시모에서 포르테로 점점 커지며 긴장감을 주다가 다시 피아니시모로 약해진다. 약해진 소리의 여음이 사라질 즈음에 이어지는 영롱한 분산화음은 이전까지의 혼돈을 일시에 잠재우는 천사의 날개짓을 연상시킨다.'

친절하게 해설해놓은 프로그램을 읽고, 무대의 연주를 들으며 또 읽으며 숙제하듯 감상했다.

무대가 환해졌다. 오색구슬로 장식한 화려한 화관을 쓰고 색한삼을 공중에 길게 뿌리는 흥겨운 춤이 금세 무대를 화려한 궁중 연회실로 만들어 놓았다. 무용수들의 웃음 머금은 밝은 표정으로 우리도 어느새 입 꼬리가 치켜 올라갔다. 그들 따라 우리의 어깨도 덩실덩실 춤을 추고 있었다.

눈은 무대 위의 화려한 공연에 꽂혀 있었고, 마음은 한참을 뒷걸음질하여 여고시절로 가 있었다. 나의 모교 개교 20주년 행사가 한 울타리에 있는 중학교 30주년 기념행사와 함께 성대하게 펼쳐질 때, 우리도 무대위의 저들처럼 부채춤을 추었었다. 우리는 화려한 의상을 맞춰 입진 못했고 어머니가 시집올 때 입으셨던 옷이거나 좀 더 젊은 작은어머니나 새언니의 혼수를 빌려 입기도 했었다. 물론 넉넉한 집안의 친구들은 새 옷을 장만해 입기도 했었다. 그래도 넓은 운동장을 무대로 부채춤을 휘두를 때는 지금 눈앞의 저 유명한 춤꾼들 못지않았다. 종횡으로 줄맞추어 선 대열은 두부를 자른 듯 깔끔하였고 춤사위 또한 하늘을 가르듯 크고 땅이 좁다하게 우아하였다고 교장선생님과 어른들께 칭찬을 받았었다.

무대는 무궁화의 꽃밭이 되었다. 꽃봉오린가 하면 어느새 활짝 피어나고 꽃들은 다시 바람에 한들한들 흔들렸다. 꽃잎들은 바람 따라 이리로 저리로 휘몰아치며 군무를 추었다. 관중들의 박수가 봉서홀을 가득 채워 더 넓어지게 했다.

북한 대금독주가 이어졌다. 북한에서 인기를 누리고 있는 금강산 노래의 주제곡으로 금강산에 찾아 온 봄 정취를 그리고 있단다. 바야흐로 펼쳐질 통일시대를 준비하는 노력일 텐데 우리 생전에 금강산 어느 골에서 저런 음악을 감상할 날이 오기나 할 것인지 북쪽 음악을 들으면서도 금강산은 아득히 멀게만 느껴졌다.

경기민요와 관현악이 이어졌다. 오래전부터 민중들과 함께 전해 내려오는 우리의 삶과 애환이 담긴, 우리의 노래다. 오늘 연주는 경기지역의 대표적인 민요 노랫가락, 한 오백년, 청춘가, 태평가, 뱃노래, 잦은 뱃노래가 국악관현악 반주와 함께 연주되었다. 관중들은 종전과 달리 마음이 편안해지는 듯했다. 고추 세웠던 허리를 의자 등받이에 기대기도하고, 어깨를 으쓱으쓱 어깨춤을 추는가하면, 상반신을 흔들흔들, 자신도 모르게 음악의 선율을 타고 있었다. 우리 것은 그런 거다. 오랫동안 만나지 못했던 초등학교 때 친구를 쉰 살 넘어 만난 듯, 잠깐 낯설어 보이다가도 금세 친숙해져서 허리띠 풀고 밤을 새우고, 어릴 때 쓰던 고향 말이 툭툭 터져 나와 시간가는 줄 모르고 수다를 떠는 것과 같다.

현대인들에게는 때와 장소에 맞갖은 제격이 자칫 지루함으로 다가온다. 그래서 제격을 깨는 파격이 늘 신선함으로 다가온다.

유진박의 전자바이올린의 금속음은 잔잔한 호수에 돌을 던져 흔들어 놓는 파격이었다. 청중들의 박수가 집박과 하나 되어, 홀을 가득 메운 청중들이 돌연 연주단이 되었다. 유진박의 전자바이올린은 청중을 그렇게 빠져들게 하였다. 그들 스스로 박수치며 전자바이올린 속으로 깊이 스며들어 음악과 청중이 하나가 되었다. 음악은 점점 클라이막스로 흘러가고 청중들의 손뼉소리도 자리를 잡는 듯하더니 청중들의 박수는 서서히 잦아들며 집박과 관현악단들의 정상적인 연주에 맡기기로 하였다. 폴짝폴짝 뛰며 사물놀이패와 합세한 유진박의 전자바이올린은 주먹 불끈 쥔 동상처럼 마무리 했다. 사람들은 그를 거기서 그냥 보내지 않았다. 유진박은 '한 오백년'을 전자바이올린에 실어 앙콜곡을 들려주고서야 호수를 흔들어 놓을 때의 돌멩이처럼 무대를 재빠르게 벗어났다.

우리가 거대한 우주 중에 대한민국 충남 천안시에 함께 모여 사는 것도 자연의 조화일 터, 풀과 나무와 산과 들, 물, 하늘과 땅이 거기 그렇게 있듯이, 여기 봉서홀에 사람이 만들어내는 이 소리의 대향연은 거기 있는 자연을 잠시 여기 봉서홀로 불러들여 자연의 그 웅장함을 경외하고 재음미하고자 함이었다. 사람들의 발자국 소리가 들리는데도 나는 한동안 그 자리에 앉아있었다. 얼른 자리에서 일어날 수가 없었다.

10

가락 바위 저수지

사람들이 답답해서 더는 못 참겠나 보다. 코로나19가 사람들의 발목을 잡은 지 얼추 3개월이나 되다 보니 더는 못 견디겠는지 우리 동네 뒤편 방아다리 공원에도 사람들이 슬슬 나오기 시작한다. 외출이 자유롭지 못한 건 애완견도 한가지라서 한동안 참다가 강아지 목줄을 잡고 살금살금 나오고 있다. 밤 늦은 시간에는 사람이 없을 것 같아 걷기 운동이라도 해 보려고 나갔다가 꽤 많은 사람들을 발견하고 동병상련을 느꼈다. 모두 다 마스크를 하고 장갑을 끼고 가까이 다가가지 않으며 묵묵히 공원 둘레에 있는 운동기구까지 활용하여 운동하게 된다.

세계적인 전염병 대유행이 아주 많은 변화를 몰고 왔는데 그 중 단연 눈에 띄는 건 여행을 아예 못하는 것일 것이다. 해외여행은 말할 것도 없고 국내 여행도 거의 멈춘 상태다. 그럼에도 불구하고 봄은 오고 꽃은 만개해서 꽃을 찾아드는 사람들의 발걸음이 많아지니 꽃축제를 했던 주최 측은 아예 꽃을 갈아엎는 사태에까지 이르렀다고 한다. 꽃만 갈아엎은 것이 아니라 아주 많은 연관 산업도 함께 엎어진 걸 다 알지만 코로나19에 붙잡혀 목숨을 잃는 것보다는 나을 것이니 아파하며 견뎌내는 중이다. 그로 인해 항공산업이 거의 정지된 상황이고 답답한 이들은 동네 뒷산이거나 공원으로 찾아 들게 된다.

우리 아가도, 아가의 에미인 딸아이도 답답할 것이었다. 그리하여 할머니도 엄마도 아가도 마스크를 갖춰 쓰고 길을 나섰다. 아가는 무얼 해도 이쁘다. 마스크를 쓴 모습이 거추장스러워 보이지도, 불편해 보이지도 않고 마냥 귀엽기만 하다. 내비게이션에 삼성고등학교를 입력하니 천안시 신불당 셋째네 집에서 6킬로미터라는 안내가 떴다. 아산시 탕정면 명암리 599-1이었던 주소에 탕정면 삼성로 77이라는 새 주소를 괄호 안에 넣어 주었다. 행정구역으로 아산이지만 이웃 동네이다. 코로나19 휴교로 굳게 닫힌 교문 앞 한켠에 차를 세우고 돌계단으로 내려가니 그림 같은 풍경이 우릴 맞이했다. 시냇물이 흐르고 양옆에 벚꽃이 흐드러져 흰 이를 드러내고 깔깔거리고 있었다. 어쩌다 바람이라도 언뜻 불면 흰나비 떼의 군무를 덤으로 즐길 수 있었다. 언제부터 와서 노닐었는지 청둥오리 한 쌍이 앞서거니 뒤서거니 냇물에서 무언가를 쪼아 먹으며 우리를 마중해 주었다. 깔끔하게 조성된 황톳빛 천변 산책로에는 한낮이어서 꽃 가지와 아가의 앙증스런 모습이 그림자로 금세 선명한 판화가 되었다. 사진을 찍으며, 동영상을 찍으며 느릿느릿 오르니 어느새 명암 저수지와 함께 만들어 낸 쾌적한 공원에 도착했다. 작은 튤립 축제라도 하듯 색색의 튤립 종들이 하늘을 향하고 있었다. 이곳이 얼마 전에는 그 유명한 탕정 포도의 뿌리를 묻었던 밭이었다고 말하듯이 공원 한편에 포도나무 몇 그루가 서로 어깨동무하고 있었다. 공원 긴 벤치에 앉아 갖고 간 간식을 풀어 놓고 여기가 고향인 문우 얘기를 나누었다. 해마다 포도 농사를 대규모로 짓던 옥토를 보상받은 어머니가 자동차를 사 주었다는 둥, 생일선물로 금일봉을 받았다는 둥, 슬그머니 흘리던 자랑질이 포도 덩굴과 어머니와 딸과 오버랩 되었다. 저수지 건너편 큰 건물에 'SDI'가 선명하게 보이고 회색빛 유니폼 점퍼를 입은 사람들이 잔치라도 하는 것처럼 둘러앉아서 점심 식사하는 모습이 참으로 여유롭고 평화로워 보였다. 서둘러 식사를 한 사람들인지 호수 주변을 경보 선수마냥 걷는 모습도 활기차 보였다.

꼭꼭 숨어 있던 별천지를 발견하고 진풍경을 나만 알고 있기가 아까워 소문을 냈다. 거기가 생가터인 이 시인이 지리 선생인 듯, 사학자인 듯, 설명을 해 준다. 한자로는 울 명鳴, 바위 암庵

명암 저수지인데 그가 어렸을 땐 가락바위 저수지라고 했단다. 명암지鳴庵池보다 가락바위 저수지가 훨씬 예쁜 이름으로 다가온다. 가락바위 저수지 동네 사람들의 아름다운 이야기가 쏟아져 나올 것 같다. 끓을 탕湯 우물 정井, 곧 온천, 반세기 전에는 신혼여행지로 인기 높던 온양온천의 옛이름, 그 마을엔 세계로 뻗어가는 대기업이 또 다른 역사를 만들어 내고 있다.

탕정면 명암리는 탕정면 삼성로라는 새 이름으로….

11

우리

덩굴 식물은 참 다정하다. 곁에 누군가가 있으면 저 홀로 떨어져있지 않고 바짝 다가가 얼싸 안는다. 삼사십년을 함께 산 무덤덤한 부부가 아니라 이제 새로 만난 것처럼 늘 붙어 손을 잡는 다정한 신혼부부 같다.

이렇게 다정한 덩굴식물은 아주 많은데, 그 중 텃밭 둑의 호박덩굴은 기댈 무엇이 없으면 땅바닥에 납작 엎드려 쭉쭉 뻗어 나간다. 그리고는 거기서 체념한 듯 꽃을 피우고 열매를 맺으면서도 작은 나뭇가지라도, 낮은 담장이라도 있으면 기어코 기어오른다. 다정한 호박덩굴은 장차 태어날 그들의 2세 호박을 드러내고 싶은, 그들의 존재를 알리고 싶은 본능이 강하지 싶다. 틈만 나면 자식자랑에 목울대 팽팽한 이웃집 아줌니 같다. 땅바닥에 쭉쭉 뻗은 틈 사이로 노랗고 탐스런 호박꽃이 피었는가 하면 어느새 반질반질 윤이 나는 앙증스런 애호박이 열린다. 그 호박 덩굴 숲에서는 애호박을 찾기가 힘들었었다. 지팡이나 든든한 나뭇가지를 들고 나가 호박잎을 살며시 들춰보아야 한다. 그 때마다 어머니는 호박 줄기를 밟지 않도록 챙기라고 주의를 주셨지만 워낙 촘촘히 뒤엉켜서 그게 쉬운 일은 아니었다. 반면 밭둑의 나뭇가지거나 나지막한 담장을 타고 올라간 덩굴에 달린 호박은 눈에 잘 띈다.

"나, 여기 있어요."

"우리 애예요."

호박이 자신을 더 잘 드러내기 위해 나뭇가지로, 담장으로 기어오르는가 보다. 그래서 호박이 연할 때, 세지 않았을 때 부드럽고 달큰한 호박나물도 되고 호박전도 되고, 비오는 날 국수고명도 될 수 있어서 미처 발견하지 못해 늙은 호박이 되는 일이 적다. 그렇게 잘 보이는 애호박의 빛나는 초록이나 가을에 누렇게 익은 호박은 참 넉넉한 풍경이었다. 넓은 호박잎 사이로 비집고 나와 고개를 내밀기에 충분한 자태였다. 또한 초가집 지붕 위로 올라간 박 덩굴에 달린 하얀 박은 참 정다운 풍경이었다. 휘영청 밝은 달이라도 떠오르면 달과 박은 서로 닮은 모습으로 뽐내기라도 하는 듯해서 더욱 운치 있는 밤 풍경이 되었다.

악어와 악어새처럼 서로 주고받는 것이 있어서 공생을 하면 좋으련만 그렇지 못한 것도 있는 듯하다. '다정도 병'이라 했던가, 기어오르는 덩굴이 너무 성해서 시원찮은 나무는 견디지 못하고 고사하는 경우도 더러 있기는 하다. 그 부부도 그래서 그랬을까 싶기도 하다.

운동 삼아 뒷산 봉서산을 자주 오른다. 토요일이라 그런지 평소와는 달리 젊은 사람들이 많았다. 저만치서 젊은 부부가 다정하게 오는가 싶더니 여자가 길옆의 나무에 기어오르는 담쟁이의 밑둥을 망서림 없이 단호하게 뚝 자르는 것이었다. 그 사람의 키만한 나무에 기어오르는 덩굴을 남자는 차근차근 걷어내기까지 했다. 부부는 손발이 척척 맞았다. 무어라 말을 주고받는 것 같지도 않았는데 부부는 일사분란하게 덩굴을 걷어내는 작업을 주거니 받거니 해 내고 있었다. 무심히 보고 걷다가 나는 갑자기 덩굴식물이 안 되었다 싶은 생각이 들었다.

"왜 애만 예뻐해요?"

그 옆을 지나치면서 그렇게 슬쩍 말을 던졌다.

"…… 허긴 그러네요."

남자가 싱겁게 대답했다.

오래 거기서 머물러서 그들의 행동에 길게 왈가왈부할 만한 일은 아니기에 늘 걷던 속도로 걸어 지나쳐 왔지만 함께 살아도 되는 두 식물인데 굳이 덩굴식물은 걷어내는지 안쓰러웠다. 덩굴식물이 기어올라서 그 나무가 좋아할 지 싫어할 지 우리는 모르는 일이 아닌가 싶다. 혼자 있어서 좋은 경우도 있고 누군가와 함께 있어야 더 좋은 경우도 있으니 말이다. '나'와 '네'가 만나서 '우리'라는 새로운 관계를, 팀을 만들어 가며 사는 게 세상을 함께 살아가는 우리들의 재미가 아닐까 싶다. 그래서 그들의 무심한 행동을 한동안 생각해 본다. 소나무에 기어올라 오랫동안 동거하는 담쟁이가 있다. 서로가 서로를 내치지 않고 여러 해를 살아 소나무의 솔향이 담쟁이에 듬뿍 스며들어 있단다. 담쟁이지만 소나무 등걸에 기대어 함께 살며 소나무를 닮은 새로운 그것, 소나무와 함께 산 담쟁이, 송담이다. 송담은 아주 많은 좋은 성분이 있다고 알려져 있다. 당뇨병으로 고생하는 이들에게 혈당을 떨어뜨리는 효능이 있단다. 관절염 근육통 무릎통증을 완화시킨단다. 몸 안의 출혈을 잡아주기도 한단다. 골절로 인한 통증, 어혈을 치료하며 신부전증을 치료한단다. 더구나 종양치료도 된다고 하니 소나무에 붙어 산 세월동안 소나무와 담쟁이 사이에 어떤 일이 일어났는지 심히 궁금하다. 이렇게 둘이 함께 살며 새로운 알파를 창조해 내는 신비는 곳곳에서 일어나고 있는 것이다. 아내와 남편이 만나 부부가 되어 딸이 태어나고 아들이 태어나는 생명의 신비처럼 식물도 둘이 함께 있어야 새로운 무엇을 만들어내는지 우리는 모르는 일이다. 그러니 함부로 담쟁이를 걷어내지 말 일이다.

12

오솔길을 걸으며

자동차는 고속도로를 달리고 싶다.

출발해서 도착할 때까지 멈추지 않고 빠른 속도로 달리는 쾌속질주의 맛을 알게 된 지 오래 되었다. 1968년 12월 경부고속도로가 개통되었으니 어느덧 반세기동안 길들여진 짜릿한 재미다. 대한민국 고속국도 제1호선 경부고속도로는 건설과정에서 구부러진 구간을 곧게 잡았을 것이다. 산허리를 뚫어 터널공사를 하는 등 그렇게 직선으로 만들어 낸 420여 킬로미터의 곧은 길이다. 이 곧고 넓은 길도 아주 먼 옛날에는 지게를 지고 걷고 마차를 몰던 좁고 구부러진 길이었을 게다.

한양으로 가는 선비는 괴나리봇짐에 비상식량을 준비해 쟁이고 짚신 삼아 몇 켤레 매달아 등에 짊어지고 집을 나섰을 게다. 해가 짧은 계절엔 하루 8시간을 걷고, 해가 긴 하절기에는 10시간 이상 걸을 수 있더라도 한양까진 멀고 먼 길이었을 거다. 고속도로가 건설되기 전의 산을 넘고 물을 건너는 자연 지형을 따라 걷는 길은 얼마나 더 멀었을까 싶다.

그 나그네 선비의 한양 길에 우리 동네 천안삼거리가 있다. 불나는 발바닥과 지친 다리를 쉬기에는 주막이 제격이었을 텐데 천안삼거리 그 주막에 아리따운 능소가 있었으니 나그네의 고단함은 자연스레 잊혔을 거다.

우리 마을 옆에는 두 갈래 큰길이 나 있다. 동편으로, 서편으로 서부대로가 기찻길처럼 평행을 이루고 있다. 쌍용대로가 더 먼저 건설 된 때문인지 그 길에 차량이 더 많아 보인다. 봉서산과 맞닿아 있는 서부대로엔 한동안 얼핏 보기에 쌍용대로보다는 차량이 좀 적어보이는 듯싶더니 요즘 들어 부쩍 차량이 늘었다.

그 길 서부대로에서 서쪽으로 오르면 내 사랑 봉서산이다. 봉서산에는 수많은 오솔길이 우리 몸의 혈관처럼 나 있다. 대동맥 같은 길에 연전에 시에서 두툼한 멍석을 깔아놓았다. 처음에는 발에 맞지 않는 고급 구두를 신은 듯 사뭇 불편하더니 사람들의 발자국이 그 뻣뻣함을 달래고 비와 눈이 촉촉이 누그러뜨려서 흙과 멍석이 한 몸이 되어 다시 자연스러워졌다. 이 길도 처음에는 한 사람이 다닐만한 오솔길이었을 것이다. 약수터에 가고, 시 보건소에 가고, 운동하러 솔숲에 다니면서 길은 넓어졌고 나무 몇 그루는 스러졌을 것이다. 산 둘레에 아주 많은 아파트들이 솟아올랐다. 각각의 아파트 사람들은 그들의 새로운 산길을 냈다. 그러다 보니 봉서산에는 많은 모세혈관이 생겨났다. 오솔길이 생겼다. 넓은 길엔 참 많은 사람들이 오른다. 마라톤 선수처럼 뛰는 이도 있고 경보선수처럼 빠르게 걷는 이도 있고 운동이 될까 싶을 정도로 느리게 걸어가는 이도 있다. 산중에 사람들이 많으니 숲속이 아니고 도시의 거리 같다. 아침에는 어르신들이 많아서 노인정 같다. 트로트를 틀어 놓고 여러 가지 기구들을 이용해 운동을 하는 숲속 운동장이다. 음악이 있는 헬스클럽이다.

조용한 자연 속에 들고 싶은 날도 있어서 큰 길을 벗어나서 좀 더 숲속으로 깊이 들어 오솔길로 걸어보기도 한다. 동네에 있는 산이지만 멀리 있는 깊은 산에 온 듯하다. 나무들의 키가 크고 울창하고 산새들의 노래 소리도 심심찮게 들린다. 까만 밤콩 같은 배설물을 내놓는 산짐승도 있어서 진짜 설악산이나 지리산에 온 게 아닌가 싶을 정도다. 이 숲길을 거닐면 어린 시절로 돌아가게 된다. 우리 동네 꽃산을 넘어 중학교에 가던 길을 만나게 된다. 키 작은 소나무들 사이로 봄이면 진달래 만발하여 꽃산이라 했는지, 한자말로 화산이라 하지 않고 꽃산이라 하여 더 이쁜 산이다. '한줌의 흙이 모여 꽃산 이루 듯 ~' 하며 시작하는 중학교 교가에도 등장하는 산이다.

그 꽃산의 줄기 끄트머리에 우리 집이 있고 한 고개 너머에 큰댁이 있었다. 우리 큰아버지는 항상 정갈하게 한복을 입으시고 한약 냄새 가득한 넓은 약방에서 약을 지으시거나 남자애들 여럿에게 한문을 가르치셨다. 아버지는 당신의 형님이 어려우셔서 만만한 딸에게 심부름을 보내셨다. 고뿔에 걸린 어머니는 밤이 되면 병세가 심해졌고 그 늦은 밤에도 고개 너머 큰아버지께 약심부름을 가야 했다. 조목조목 이르시는 증세를 기억했다가 전해 드리고 약을 지어 와야 했는데 도깨비가 나타날 것 같은 어둠이 무서웠다. 키 작은 소나무는 어떤 이가 웅크리고 앉아 있는 것 같았는데 가까이 가면 벌떡 일어나 해칠 것 같아 두려웠다. 그러나 아침이 되면 이슬 머금은 풀잎들이 오솔길 양옆에 늘어서서 학교 가는 길동무가 되어 주었다. 깨끗하게 빨아 말린 운동화 코 위로 이슬이 털어져서 촉촉하게 젖어도 심술이라 여겨지지 않았다. 하얀 블라우스에 까만 스커트의 단발머리가 책가방 들고 걷던 그 산길과 봉서산 오솔길은 꼭 닮았다. 두 사람이 팔짱 끼고 걸을 수 없는 길, 앞서거니 뒤서거니 묵묵히 걷던 그 오솔길과 닮은 이 길이 참 좋다. 약수터로 내려가는 길엔 오래된 기찻길 침목으로 단장한 지 오랜데 저 옆으로 난 비스듬한 경사의 오솔길은 자연스런 오솔길 그대로이다. 약수 한 병 받아 짊어지고 오르면 자연스럽게 구부러진 오솔길은 모딜리아니의 넥타

이처럼 솔숲 가슴에 매어져 있다.

곧고 넓은 길의 화려함보다 오솔길의 자연스러움이 참 좋다. 온종일 복잡한 생활에서 생겨난 작은 피로도 말끔히 가시는 느낌이다. 더구나 나뭇가지에 걸린 빨간 석양을 바라보노라면 가톨릭 성가 2번을 흥얼거리게 된다.

'주 하느님 지으신 모든 세계~'

'저 수풀 속 산길을 홀로 가며 아름다운 새소리 들을 때~'